Classe de M. Labasse

BRIGADE SUD :
CRIME PARFAIT ?

Du même auteur, dans la même série :

Brigade Sud : la disparition
Brigade Sud : le jeu du tueur
Brigade Sud : le train fantôme

BRIGADE SUD :
CRIME PARFAIT ?

JEAN-LUC LUCIANI

RAGEOT

ISBN 978-2-7002-3149-6
ISSN 1766-3016

1

« Le sommeil n'est pas un lieu sûr. »

Jean Cocteau

Dimanche.

Minuit.

Les longs couloirs de l'institution privée Bacordière respiraient à l'unisson des internes consignés pour le week-end. Un silence profond entourait l'établissement réputé pour son encadrement pédagogique et ses résultats exceptionnels obtenus au baccalauréat. Chaque année, le taux de réussite affichait cent pour cent. Une fierté pour les enseignants qui y travaillaient, un gage de sérieux pour les parents qui y inscrivaient leurs enfants.

Malgré la pénombre, Mathias Despinos termina sa ronde d'un pas assuré, sans avoir recours à sa lampe torche. Sept ans maintenant qu'il était surveillant dans l'établissement. Il le connaissait comme la poche de son jean favori.

Après s'être assuré une dernière fois qu'aucun garçon ne s'était attardé dans l'aile du bâtiment réservée aux filles, Despinos regagna son studio, à l'écart du dortoir principal.

À peine entré, il perçut une présence.

Il se retourna brusquement et distingua une forme installée dans son fauteuil.

– Salut ! Tu en as mis du temps pour revenir.

– Bon sang, c'est toi ! souffla Despinos. Tu m'as fait peur.

– Tu t'attendais à voir qui ? Dracula en personne ? Je te rappelle que c'est toi qui m'as demandé de passer.

Le surveillant posa sa lampe torche sur la table de nuit et ôta sa veste.

– Comment as-tu fait pour entrer ?

– Je n'ai eu qu'à pousser la porte, tu l'avais laissée ouverte.

Despinos maudit ses mauvaises habitudes, mais ne laissa rien paraître de son agacement.

– Bien, discutons un peu de nos affaires.

Tout en parlant, Despinos se dirigea vers le coin cuisine. Il ouvrit la porte d'un petit frigo et une lumière bleutée emplit la pièce. Se penchant pour récupérer une bouteille de bière, il demanda :

– As-tu réfléchi à ma proposition ?

L'ombre se leva sans bruit.

– C'est pour te donner ma réponse que je suis là.

Despinos referma la porte et l'obscurité retrouva sa place.

Cherchant à tâtons le décapsuleur qui traînait quelque part sur le dessus du frigo, le surveillant le trouva enfin et fit sauter la capsule d'un geste expert.

– Alors, quelle est ta réponse ?

Elle tomba comme un couperet affûté.

– C'est non ! Tu n'auras rien.

Despinos blêmit. Une colère sourde monta en lui. D'une main tremblante, il déposa la bouteille sur le frigo et s'approcha du visiteur. L'agrippant par le col, il le plaqua violemment contre la cloison.

– Espèce de sale merdeux ! Comment oses-tu me tenir tête ?

L'autre tenta vainement de se dégager.

– Lâche-moi !

Mais Despinos était plus fort.

– Je te conseille de coopérer, tu sais bien que je ne renonce jamais !

Encore une tentative pour se libérer de l'emprise du surveillant.

– Lâche-moi, j'te dis ! Lâche-moi !

Rien n'y fit. Au contraire, Despinos resserra son étreinte et approcha un visage menaçant.

– On ne joue pas avec moi, tu devrais le savoir !

L'autre paniqua. Sa main droite battit l'air… et rencontra la lampe torche posée sur la table de nuit.

Avant même que Despinos ne se rende compte que son adversaire était désormais en mesure de se défendre, celui-ci lui asséna un violent coup sur le sommet du crâne.

Le surveillant partit en arrière, tenta de se rattraper au frigo mais, pour finir, bascula par-dessus et s'écrasa au sol. Un filet de sang s'écoula de l'oreille droite de Despinos.

Tandis que la tache rougeâtre se répandait sur les tomettes, l'agresseur lâcha la lampe torche sur le corps inerte.

2

« Si vous ne pouvez pas répondre à l'argument de quelqu'un, tout n'est pas perdu. Vous pouvez encore l'injurier. »

Elbert Hubbard

L'amphithéâtre de l'école de police était plein à craquer. Depuis le début du trimestre, les étudiants se bousculaient pour assister au cours dispensé par le capitaine de la Brigade Sud. Module sobrement intitulé : « Sur la piste du crime ».

Gabriel Roullier consulta sa montre à la dérobée. Dans moins d'une heure, sa fille Inès arrivait gare Saint-Charles. Elle venait passer la semaine à Marseille. Il ne pouvait pas se permettre d'être en retard.

Il releva la tête et demanda à la cantonade :

– Quelqu'un a-t-il une question ?

Un élève gardien de la paix leva la main. Roullier l'avait déjà repéré. Il était intervenu à plusieurs reprises et il lui rappelait Jimenez. Son impertinence, sa vivacité d'esprit, son humour. Sa curiosité intellectuelle aussi.

Roullier le pointa du doigt.

– Oui, je vous écoute ?

Le jeune homme respira un bon coup. Une centaine d'élèves avaient les yeux fixés sur lui.

– Si j'ai bien suivi votre exposé, dit-il d'une voix mal assurée, le crime parfait n'existe pas.

– En quelque sorte, lui répondit Roullier, volontiers évasif lorsque cela l'arrangeait.

– Pourtant, il y a des meurtres dont on n'a jamais retrouvé les coupables.

Roullier esquissa un sourire.

– Vous avez raison. Mais dans ce cas, je préfère ne pas parler de crime parfait.

– Comment ça ?

– Selon moi, on ne réalise pas un crime parfait parce qu'on n'est pas arrêté !

Un silence total emplit l'amphithéâtre. Tout le monde était suspendu aux lèvres de l'officier de police. Qui reprit :

– Tant que les faits ne tombent pas sous le coup de la prescription, le coupable demeure avec une épée de Damoclès suspendue au-dessus de sa tête.

Une étudiante aux cheveux frisés leva la main à son tour.

Roullier lui donna la parole.

– Quelle est la durée légale de prescription pour un meurtre ?

– En France, elle est de dix ans à compter du jour où le meurtre a été commis. Ce qui peut paraître bien court pour un délit aussi grave, je reviendrai sur ce point lors de ma prochaine intervention.

Le jeune homme reprit la parole sans même y être invité.

– Quel serait selon vous le crime parfait ?

Roullier hésita quelques secondes avant de répondre :

– D'après moi, le crime parfait consisterait à faire accuser quelqu'un d'autre à sa place. Et que cette personne croupisse pour le restant de ses jours en prison !

– Mais ce genre de crime parfait existe-t-il ? insista l'élève.

Roullier laissa échapper un rictus.

– Répondre à votre question serait prétentieux de ma part. En effet, il ne peut exister que dans la mesure où la justice n'a pas conscience de son erreur. Tout le monde pense que l'affaire est résolue et le dossier clos. Sur ce, veuillez m'excuser, mais je dois vous quitter.

Laissant son auditoire abasourdi, Roullier rassembla ses affaires et s'esquiva sans plus attendre par une porte latérale. Il se retrouva bientôt sur le parking de l'école de police.

Le bâtiment, récent, avait été construit dans les quartiers nord de la ville, face à une cité d'urgence où naguère les problèmes sociaux s'entassaient aussi vite que les tas d'ordures que les employés municipaux rechignaient à venir ramasser.

Pour une fois le choix des politiques s'était avéré payant. La proximité de l'école de police avait agi comme un baume relaxant. En quelques années, la cité s'était apaisée. Certains considéraient désormais qu'il y faisait bon vivre.

Roullier connaissait bien ce quartier, il y avait grandi. À l'époque, la campagne s'étendait encore tout autour et il se rappelait être allé acheter le lait et les œufs directement à la ferme. Il se revit courant à travers les prés, le pot métallique cognant le long de sa jambe. Une époque révolue.

Roullier soupira.

Il consulta sa montre. Il avait quarante minutes devant lui. Largement le temps de faire un petit tour sur les traces de ses souvenirs d'enfance.

3

« Certains croient que le génie est héréditaire. Les autres n'ont pas d'enfants. »

Marcel Achard

Elle était là.

Bouillant d'impatience devant l'entrée de la salle d'attente.

Roullier se précipita à sa rencontre, rouge de confusion.

– Désolé ma chérie, mais j'ai été retardé…

Inès referma un petit carnet à spirale qu'elle rangea dans la poche de sa veste et lui tendit sa valise rouge d'un air dédaigneux.

– Au-delà de vingt minutes, je n'appelle plus ça du retard, mais un oubli.

Bienvenue dans l'univers cruel et sans pitié des adolescentes ! pensa Roullier.

Il n'avait qu'à s'en prendre à lui-même, il n'avait pas vu l'heure tourner.

Le père et la fille se dirigèrent vers la sortie dans un silence pesant. Soucieux de renouer rapidement le contact, Roullier tenta une approche timide :

– C'est nouveau, ce petit carnet ?

– Oui, grimaça Inès, devoir de vacances. Il faut que l'on relève des citations...

– De gens célèbres ?

– Forcément, soupira-t-elle en levant les yeux au ciel. Sinon ça n'a aucun intérêt.

– Dommage. J'en connais une très belle, mais ce n'est pas quelqu'un de connu qui l'a prononcée.

Ils arrivèrent à la voiture banalisée et Roullier déposa la valise dans le coffre pendant qu'Inès s'installait à l'avant.

– Elle dit quoi cette citation ? lui demanda-t-elle tandis qu'il s'asseyait au volant.

Roullier fronça les sourcils, faisant mine de réfléchir.

– Si je me rappelle bien, c'était un truc du style : Père en retard, fille en pétard.

– Pas mal, consentit Inès. C'est de qui ?

Roullier enclencha la première et démarra.

– De moi.

Inès résista quelques secondes, puis éclata de rire.

– T'es trop bête papa !

Roullier poussa un soupir de soulagement.

La crise avait été évitée. Pour l'instant du moins car, connaissant sa fille, il savait pertinemment que la rage allait couver un long moment encore sous un vernis de gentillesse, prête à exploser au moindre faux pas. Parfois, Inès lui rappelait un volcan.

Il s'immisça dans le flot de voitures qui descendaient vers le Vieux-Port. Inès ouvrit la vitre et respira l'air du large.

– C'est bon d'être ici, déclara-t-elle en s'étirant, la mer me manquait.

– Ton voyage s'est bien passé ?

– Super. Trois heures de train et presque autant d'attente à l'arrivée.

Toujours sensible aux variations d'humeur du volcan, Roullier détourna la conversation.

– Et comment va ta mère ?

– Bien. Elle est à bord d'un avion pour le Maroc. Son copain l'emmène passer une semaine à Marrakech.

Un gros nuage noir se forma au-dessus de la tête de Roullier. Il se dit que le métier d'éditeur rapportait certainement plus que celui de capitaine de police. Il se dit aussi qu'il préférait cent fois affronter une bande de mauvais garçons plutôt qu'une adolescente rancunière. Inès trouvait toujours le point le plus sensible.

Soudain, la radio grésilla.

– Capitaine, ici Bonal.

Roullier augmenta le volume du récepteur et prit le micro.

– Oui lieutenant, je vous écoute…

– Patron, on a un homicide au 33 rue Georges. Quartier Saint-Just.

– Bien compris. J'arrive !

Il se tourna vers Inès.

– Accroche-toi !

S'emparant du gyrophare mobile, Roullier le positionna sur le toit et enclencha la sirène.

Aussitôt la file de voitures s'écarta et ils foncèrent à toute allure à travers la ville.

Inès était aux anges. Plus rien ne stoppait leur progression. Ni les feux rouges qu'ils brûlaient allègrement, ni les inévitables bouchons à cette heure de la journée. Sans la moindre hésitation, son père déboîtait et les voitures venant en sens inverse se rangeaient sur le bas-côté, leur offrant généreusement le passage.

Tout en restant concentré sur sa conduite, Roullier jeta un coup d'œil sur sa fille qui se trémoussait de bonheur. Le capitaine esquissa un sourire. Il tenait sa revanche. Aucune autre personne au monde ne pourrait jamais lui offrir un cadeau pareil.

4

« Soyez réalistes : demandez l'impossible. »
Ernesto « Che » Guevara

Un garçon barrait l'accès de l'institution. Roullier lui fit signe d'approcher et lorsqu'il se pencha par la vitre entrouverte, le visage d'Inès s'empourpra légèrement. Ce détail n'échappa pas à son père.

– Désolé, vous ne pouvez pas entrer ! expliqua le garçon, une enquête de police est en cours.

– Je sais, ricana Roullier en exhibant sa carte tricolore. C'est moi qui vais la diriger.

– La gaffe ! répliqua l'adolescent en rougissant.

– Pas de problème, vous ne pouviez pas savoir.

Une fois sorti des embouteillages du centre-ville, il avait retiré le gyrophare. Inutile d'affoler les gens.

Inès n'en revenait pas. Son père devait être le seul policier au monde à vouvoyer un jeune de cet âge !

Le garçon s'effaça pour laisser passer le véhicule. Roullier enclencha la première, puis après réflexion se remit au point mort.

– Au fait, vous êtes qui ?

– Le fils du concierge. je m'appelle Cédric.

– Et où se trouve votre père ? demanda encore Roullier.

L'adolescent désigna un bâtiment perché au bout de la route qui sillonnait la colline.

– Il est là-haut, avec les flics... Euh, les policiers. Il m'a demandé de le remplacer, le temps que les fl... vos collègues en aient terminé avec lui.

Roullier soupira en clignant de l'œil en direction d'Inès.

– Bien, vous m'avez l'air tout ce qu'il y a de plus sérieux. Puis-je vous confier une mission jeune homme ?

– Oui, euh enfin, ça dépend quoi...

Roullier désigna sa passagère.

– Permettez-moi de vous présenter ma fille Inès.

Cédric lança un regard à l'intérieur du véhicule.

– Enchanté, dit-il.

– Salut, répondit Inès tout sourire.

– Voilà quel est mon problème, enchaîna Roullier. Je n'ai absolument pas le droit, ni l'envie d'ailleurs, d'emmener ma fille sur le lieu d'un crime.

Cédric approuva d'un mouvement de tête, indiquant par là qu'il suivait le raisonnement.

– Je n'ai pas non plus envie qu'elle passe la matinée dans la voiture à m'attendre.

– Bien entendu, approuva de nouveau le fils du concierge.

Roullier marqua volontairement une courte pause, puis reprit :

– Pourrais-je vous la confier, le temps pour moi de m'enquérir de la situation ?

Inès hallucina. S'enquérir.

– Pas de problème, vous pouvez compter sur moi.

– Mais papa… tenta de protester Inès.

Ce dernier l'arrêta aussitôt d'un geste de la main.

– Ça ne se discute pas.

Elle croisa les bras et adopta sa position favorite. La boudeuse contrariée.

– Si on ne peut même plus discuter alors…

Roullier décida de changer de tactique. En règle générale, le passage en force n'était pas une politique payante. Avec une adolescente comme Inès, c'était la catastrophe assurée.

– Tu n'as pas compris, murmura-t-il en se penchant vers elle.

Il sentit aussitôt qu'il avait de nouveau toute son attention.

– Comment ça ? lui demanda-t-elle, intriguée.

Roullier se rapprocha, afin que Cédric n'entende pas ce qu'il s'apprêtait à lui révéler.

– En fait, c'est à toi que je confie une mission…

La crédulité se lisant sur le visage de sa fille, il poursuivit :

– Le concierge est la personne qui connaît le mieux les mille et un secrets de l'endroit dont il s'occupe. Et son fils est sans doute dans la confidence.

– Tu veux dire que…

À la façon dont Inès écarquillait les yeux, Roullier sut qu'elle avait compris où il voulait en venir.

– Parfaitement. Essaie de lui tirer les vers du nez. Tâche de savoir quelles sont les rumeurs qui courent dans l'établissement à propos de ce meurtre. Mais attention, reste discrète. Il ne faut pas qu'il se doute de quelque chose.

– Tu veux que j'enquête pour toi ?

Roullier plaqua son index tendu contre sa bouche.

– Chut ! Tu es en mission secrète, n'en parle à personne d'autre que moi !

« Et surtout pas à ta mère ! » ajouta-t-il en lui-même.

Cette fois-ci, Inès ne se fit pas prier pour rejoindre Cédric.

– À vos ordres mon capitaine ! lui lança-t-elle en mimant un salut militaire tandis qu'elle s'extirpait du véhicule.

Roullier enclencha la première et lui envoya un baiser du bout des lèvres.

– À tout à l'heure, ma puce !

Gabriel Roullier s'engagea sur la petite route qui filait à travers les bois. Lentement un sourire naquit sur son visage fatigué.

Par moments, la naïveté de sa fille le surprenait. Et le rassurait à la fois.

Il accéléra.

Il était temps de passer aux choses sérieuses.

5

« Choisissez un travail que vous aimez et vous n'aurez pas à travailler un seul jour de votre vie. »

Confucius

Roullier se rangea derrière une ambulance et descendit de sa voiture, étonné par le nombre important de véhicules qui stationnaient le long de la route étroite. L'entrée du bâtiment était barrée d'un ruban plastifié jaune et noir. Un agent s'approcha, vérifia sa carte et l'autorisa à passer.

Roullier grimpa jusqu'au premier étage et découvrit enfin la scène du crime. Une rangée de projecteurs mobiles avaient été disposés de chaque côté du corps et des techniciens de la police scientifique s'affairaient autour.

L'un d'entre eux, équipé d'une caméra numérique, filmait la scène.

– Capitaine, par ici !

Il se retourna et découvrit Bonal adossé contre un mur. Pour une fois, le lieutenant portait un costume particulièrement élégant. Aucune faute de goût majeure. Roullier en déduisit qu'une femme était sans doute apparue depuis peu dans sa vie.

– Ils en ont encore pour longtemps ? lui demanda-t-il en désignant les techniciens recouverts de la tête aux pieds d'une protection qui évoquait davantage des astronautes que des enquêteurs de police.

– Ça ne devrait plus être très long, soupira Bonal. Je leur ai conseillé de mettre le paquet côté prélèvements.

– Excellente idée, le rassura Roullier, même s'il était intimement convaincu que rien ne pouvait remplacer les bonnes vieilles méthodes d'investigation.

Bonal sortit une sucette de sa poche et entreprit d'en ôter le papier protecteur. Visiblement, il tentait d'arrêter de fumer. Roullier ne fit aucun commentaire mais cela le conforta dans sa première impression. Il y avait du changement dans la vie de son collègue.

– Qui a découvert le corps ?

– C'est le concierge...

Bonal hésita et consulta les notes prises sur son calepin.

– Un certain Stéphane Danpiery.

Le lieutenant désigna du menton une pièce fermée.

– Jacobi est en train de l'interroger.

– Bien. Où sont les autres ?

– Garnier et Lacroix ont rassemblé les élèves qui dormaient dans l'établissement et prennent leur déposition à l'étage au-dessus.

– Et Jimenez ?

– Il est allé faire une enquête de voisinage. Quelqu'un aura peut-être vu ou entendu quelque chose…

– On est certains qu'il s'agit bien d'un meurtre ? demanda Roullier.

Bonal opina.

– Aucun doute là-dessus. Une plaie profonde au sommet du crâne, personne ne peut s'infliger une telle blessure seul.

À cet instant, un gradé s'approcha d'eux.

– Nous avons terminé notre intervention, leur annonça-t-il en retirant ses gants. Vous aurez le rapport complet sur votre bureau demain matin.

– Parfait, répondit Bonal. Merci encore d'être venus aussi vite.

L'homme hocha la tête.

– Pas de problème.

Puis, se tournant vers le cadavre, il poursuivit :

– J'espère seulement que nos résultats vous aideront à retrouver le ou la meurtrière...

Tandis que le technicien quittait les lieux, emportant avec lui sa précieuse récolte, le regard de Roullier se perdit sur les hommes de la police scientifique qui remballaient leur matériel perfectionné.

Il eut une pensée émue pour Sherlock Holmes, sa loupe et son flair infaillible, avant de se tourner vers Bonal.

– Quelqu'un s'est-il entretenu avec le directeur de l'établissement ?

Le lieutenant secoua la tête.

– Pas encore, je vous attendais. Monsieur Bortollini se tient à notre disposition.

Roullier l'entraînait déjà à sa suite dans un long couloir.

– Ne perdons pas de temps !

Leurs pas résonnèrent dans l'immense bâtiment. Roullier songea que ces murs austères avaient dû voir défiler des générations d'élèves et cachaient sûrement quelques secrets inavouables.

– C'est là ! fit Bonal en désignant une lourde porte.

Roullier l'aurait parié. C'était une porte qui en imposait. Digne d'un directeur.

Il frappa trois coups successifs.

Une voix forte s'éleva, qui ordonna :

– Entrez !

Les policiers ne se firent pas prier. Ils pénétrèrent dans le bureau directorial.

Bortollini s'avançait déjà à leur rencontre.

– Messieurs, soyez les bienvenus !

Roullier esquissa un sourire, le directeur n'était manifestement pas sincère. La police n'était jamais la bienvenue. Il l'avait appris sur le terrain.

Il sortit un carnet de son blouson de cuir. Il adorait l'instant précis où il déclarait :

– J'aurais quelques questions à vous poser…

6

« Les hommes naissent égaux, dès le lendemain, ils ne le sont plus. »

Jules Renard

Le directeur de Bacordière était un homme imposant. De larges épaules soutenant un cou de taureau et un nez écrasé ainsi que des oreilles décollées laissaient supposer qu'il avait jadis pratiqué un sport de contact, sans doute la boxe ou le rugby.

Lorsqu'il s'adressa de nouveau à eux, Roullier nota un léger accent du Sud-Ouest qui fit pencher aussitôt la balance en faveur du ballon ovale.

Bortollini leur désigna deux fauteuils profonds et les policiers s'y installèrent sans plus attendre.

Le directeur contourna lentement son large bureau et s'assit sur une haute chaise faite de bois sculpté et de cuir travaillé. Une fois installé, il les dominait de vingt bons centimètres. Roullier comprit alors que tout se résumait pour lui à une question de stratégie et d'image.

La bibliothèque qui couvrait entièrement le mur de droite lançait également un message à celui qui pénétrait dans le lieu pour la première fois.

Roullier sourit. Aucun des livres trônant derrière les vitres de la bibliothèque ne semblait avoir été ouvert.

D'entrée le personnage lui avait déplu. Le ton qu'il prit lorsqu'il s'adressa à eux ne fit que confirmer cette première impression.

– Messieurs, je compte sur vous pour me boucler cette affaire rapidement !

Bonal lança un regard entendu du côté de son supérieur. Ce dernier décida de mettre les choses au point.

– Monsieur le directeur, dit-il en prenant soin de détacher chaque syllabe, nous ne sommes que des enquêteurs de police, pas des magiciens.

– Certes... commença Bortollini.

Roullier l'arrêta d'un geste de la main avant de poursuivre :

– Par ailleurs, sachez que nous n'avons pas d'ordre à recevoir de votre part !

La phrase avait claqué comme un fouet et Bortollini, qui n'avait visiblement pas l'habitude d'être traité de la sorte, accusa le coup. Les deux hommes s'affrontèrent du regard durant une poignée de secondes. Le directeur fut le premier à baisser les yeux.

– Loin de moi l'idée de vous donner des ordres, mais comprenez bien que lorsque cette histoire va s'ébruiter, les parents d'élèves me tomberont dessus et je devrai leur fournir des réponses.

– Vous n'avez qu'à leur dire la vérité, déclara Roullier, laconique.

– C'est-à-dire ?

– Qu'il y a eu un meurtre et que vous n'avez pas la moindre idée du coupable. Vous pouvez toujours les rassurer en ajoutant que la police va faire son travail.

Bortollini ne jugea pas utile de poursuivre le débat. Bonal en profita pour sortir son calepin et demander :

– Monsieur, pouvez-vous nous expliquer pourquoi votre établissement est ouvert alors que nous sommes au beau milieu des vacances scolaires ?

– Bacordière n'est pas un établissement comme les autres, répondit Bortollini.

Bonal opina.

– On s'en doutait. Mais encore...

Le directeur croisa les bras à la manière d'un élève résigné.

– Entendez-moi bien, les parents sont prêts à payer le prix fort parce que nous garantissons la réussite de leur progéniture aux examens. Nous ne pouvons nous permettre le moindre échec, aussi les élèves aux résultats médiocres sont systématiquement consignés pendant les vacances. Ils reçoivent un soutien scolaire adapté aux lacunes dont ils font preuve.

– Et les parents sont d'accord ? s'étonna Roullier qui avait du mal à concevoir des vacances loin de sa fille.

Bortollini le prit de haut.

– Nos parents d'élèves constituent le gratin de Marseille. Nous recevons ici les enfants des chirurgiens qui font la renommée de nos hôpitaux, des ténors du barreau, des politiques...

Roullier soupira.

Des pressions venant de toutes parts n'allaient pas tarder à s'exercer. La brigade avait intérêt à trouver le coupable. Le plus vite possible.

7

« La liberté c'est de ne jamais avoir à dire qu'on est désolé. »

Sydney Lumet

En attendant le retour de son père, Inès était bien décidée à en apprendre le plus possible. Et pas seulement au sujet de l'assassinat qui venait d'avoir lieu.

Elle s'assit sur un banc près de l'entrée principale. Cédric ne tarda pas à la rejoindre. Tandis qu'elle fouillait dans son sac à la recherche de son carnet à spirale, il lui demanda :

– Alors, c'est comment ?

– Quoi ?

– D'avoir un père policier. Ça fait quel effet ?

Inès se raidit.

– Et d'avoir un père concierge, ça fait quoi ? lui renvoya-t-elle d'un ton sec.

Cédric fut beau joueur.

– Tu as raison, ma question était idiote. Excuse-moi.

Inès s'attarda un court instant sur son sourire craquant et puis elle balaya l'air d'un revers de main.

– Y a pas de mal, dit-elle tout en extirpant le carnet du sac.

Cédric le désigna, demandant à nouveau :

– Et ça, c'est pour quoi faire ?

Cette fois-ci, Inès décida de prendre sa question avec plus d'humour.

– Pour faire parler les curieux !

Cédric rougit.

– Je ne me rends même plus compte de ma curiosité maladive. C'est le métier de mon père qui doit déteindre sur moi...

Inès éclata de rire.

– Moi aussi ça m'arrive parfois.

Il y eut un court instant de silence gênant, puis Inès reprit d'une voix tranquille :

– Si tu veux vraiment le savoir, il me sert à compiler des citations de gens célèbres. Cadeau de vacances de ma prof de français.

Cédric désigna une maisonnette vétuste en contrebas de l'allée principale.

– Je pourrais te prêter mon dictionnaire des citations. Tu me le rendras à l'occasion...

– C'est là que tu habites ?

– Avec mon père, oui. Ma mère est morte quand j'avais cinq ans.

Inès baissa la tête.

– Désolée. Mes parents à moi sont séparés et c'est déjà pas la joie.

Ce fut au tour de Cédric de balayer l'air de sa main droite.

– C'est bon, tu ne pouvais pas savoir... Mais qu'est-ce que tu fais ici ? s'étonna-t-il encore.

– D'habitude, je vis avec ma mère à Paris. Je suis venue passer la semaine de vacances avec mon père, il venait juste de me récupérer à la gare lorsque l'appel radio est arrivé.

De nouveau, un silence pesant s'installa entre eux.

Inès réalisa soudain qu'elle s'y était prise comme la dernière des imbéciles. Depuis le temps qu'elle voyait son père agir, elle savait pourtant que lorsqu'on voulait recueillir les confidences d'un témoin, il fallait le mettre en confiance.

Elle avait fait exactement le contraire.

Résultat : le fils du concierge était maintenant sur la défensive et si elle lui rappelait des souvenirs douloureux, il risquait de se refermer comme une huître. Elle décida de tenter une diversion.

– Et tu es en quelle classe ?

Cédric grimaça.

– Je suis en première, un an de retard.

– Dans quel lycée ?

– Ici, à Bacordière. Ils me tolèrent uniquement parce que mon père travaille pour eux.

Inès ne saisissait pas tout.

– Tu veux dire quoi au juste ?

– Que je ne viens pas du même milieu que tous ces petits bourgeois et qu'ils me le font bien sentir !

– Je comprends ce que tu veux dire, mentit Inès. Ma mère m'a inscrite dans un collège privé où les filles se la pètent grave. C'est pas facile tous les jours...

Cédric approuva d'un hochement de tête.

Inès fit mine de se plonger un court instant dans la lecture de son carnet de citations, puis demanda, l'air de rien :

– Tu devais bien connaître la victime alors ?

– C'est sûr, tout le monde ici connaissait Mathias. C'était le plus ancien surveillant du bahut.

La fille du capitaine Roullier hésita, le moment le plus délicat était arrivé. Elle avait la sensation d'évoluer sur un câble d'acier tendu au milieu d'un précipice, le moindre faux pas et c'était la chute.

Elle comprenait de mieux en mieux la passion qui animait son père. Les policiers étaient des funambules, ils carburaient à l'adrénaline.

Et Inès aimait ça. Elle aimait ça plus que tout autre chose au monde.

– Qui pouvait lui en vouloir au point de le tuer ? demanda-t-elle en prenant un air détaché.

Cédric se leva.

– Mathias n'était pas aimé, il se prenait pour un shérif et mettait la pression sur plein d'élèves. Les fumeurs de cannabis, les amoureux qui se retrouvaient le soir dans les dortoirs... Mais de là à le tuer, non, je ne vois personne.

– Quelqu'un d'extérieur alors ?

– Impossible. L'établissement est mieux protégé qu'une banque. Les parents d'élèves payent suffisamment cher pour que leurs précieux rejetons soient en sécurité...

Cédric hésita soudain.

– Quoi ? s'inquiéta Inès.

– Il y a quelques jours, on m'a dit qu'un élève de terminale s'était méchamment frité avec lui dans le réfectoire. Il accusait Mathias d'essayer de lui piquer sa petite amie.

– Comment s'appelle-t-il ?

– Aucune idée. En tout cas, il paraît que Mathias l'a envoyé balader devant tout le monde et que le mec a juré de se venger !

Inès décida qu'il était temps d'arrêter les questions. Au-delà, Cédric pourrait commencer à se douter de quelque chose.

Elle consulta l'heure sur son téléphone portable.

– J'espère que mon père ne m'a pas encore oubliée.

Cédric désigna la modeste maison.

– Tu m'accompagnes pour que je te passe mon dico ?

Inès opina en souriant.

Tandis qu'ils descendaient vers la maison, ils croisèrent un groupe d'élèves. Cédric les salua de la main, mais les autres l'ignorèrent.

– Tous les mêmes, ces fils de bourges ! marmonna-t-il entre ses dents.

– Qu'est-ce qu'ils font ici ? s'étonna Inès. Ils ne sont pas en vacances ?

– Pas ceux-là en tout cas. Il y a une vingtaine d'élèves qui sont consignés pour la semaine à cause de leurs résultats insuffisants.

– Tu en fais partie ?

Cédric lui ouvrit la porte et déclara :

– Pour moi, c'est consigne tous les jours de l'année !

8

« Là où tu te trouves, le monde existe. »
William Shakespeare

Roullier patientait depuis cinq bonnes minutes lorsqu'il vit Inès sortir de la maison du concierge et se diriger vers lui d'un pas tranquille.

La nonchalance de sa fille lui fit commettre une erreur de père débutant.

– Je commençais à m'inquiéter, dit-il tandis qu'elle s'installait à l'avant.

– À chacun son tour d'attendre ! lui renvoya-t-elle ironiquement. Comme ça, tu comprends ce que j'ai pu ressentir à la gare.

Roullier se maudit intérieurement. Il démarra sans insister. Tel le roseau dans la célèbre fable de La Fontaine, il avait appris à plier.

Mais jamais il ne cédait.

Inès avait les défauts et les qualités de son père.

– Et puis si tu avais un portable comme tout le monde, tu aurais pu m'appeler pour savoir où j'étais, insista-t-elle.

– Je ne suis peut-être pas comme tout le monde !

Roullier avait beau hyperventiler, il fit grincer la vitesse, signe que l'énervement le gagnait malgré lui. Et Inès ne semblait pas décidée à lâcher prise.

– C'est à se demander comment tes supérieurs acceptent que tu vives encore comme au Moyen Âge…

– Sache que les flics à l'ancienne sont toujours très appréciés. Ne pas être pendu constamment au téléphone permet d'observer le monde. Et de le comprendre…

Les roues crissèrent dans le virage. Roullier savait qu'il était impératif de changer de sujet s'il ne voulait pas courir le risque d'abandonner sa propre fille sur le bord du trottoir.

– Alors ? lui dit-il, se forçant à sourire.

– Alors quoi ?

Il déboîta nerveusement.

– Ton enquête auprès du beau Cédric, qu'est-ce que ça a donné ?

Inès le dévisagea avec un sourire moqueur.

– Je ne parlerai qu'en présence de mon avocat ou bien devant un bon hamburger-frites !

Roullier en conclut qu'elle n'avait rien trouvé.

– Je suis navré, mais pour le repas de midi tu vas devoir te débrouiller sans moi. L'enquête ne peut pas attendre, tu sais bien que les premières heures sont cruciales.

Inès ne put qu'approuver de mauvaise grâce.

– J'ai fait les courses samedi après-midi, le frigo est plein. Tu n'as qu'à te préparer des pâtes au beurre...

La proposition ne semblait pas la réjouir outre mesure mais, en fin joueur qu'il était, son père avait gardé un atout de taille dans sa manche.

– Par contre, ce soir j'ai réservé une table dans une des meilleures pizzerias de Marseille.

Le franc sourire qui se dessina sur le visage de sa fille valait tout l'or du monde. Roullier abattit sa dernière carte.

– Jacobi et Jimenez se joindront à nous.

Inès ne les avait pas vus depuis leur venue à Paris[1].

– Chouette ! s'exclama-t-elle.

La hache de guerre semblait temporairement enterrée et Roullier aborda tout en souplesse la grande descente qui menait vers les docks. Devant l'immensité bleue, se découpaient les contours d'une tour en construction. Le projet semblait titanesque.

1. Voir *Brigade Sud : le train fantôme*.

Inès ne tarda pas à réagir à sa manière.

– C'est quoi cette horreur ? s'étonna-t-elle en apercevant le monstre d'acier.

– Ça, souffla son père, c'est le monde qui change. Ils ont prévu d'en construire trois comme celle-ci. Tu imagines ? Ça va défigurer le paysage. Comment avons-nous pu autoriser une telle monstruosité sans réagir ?

Le reste du trajet se déroula dans un silence consenti.

Roullier gara le véhicule devant son immeuble et fila récupérer le bagage d'Inès dans le coffre.

– Je serai de retour vers dix-neuf heures.

Inès prit la valise rouge des mains de son père.

– Ça marche, lui dit-elle en soupirant. Et si vous n'arrivez pas à retrouver le coupable, n'hésitez surtout pas à faire appel à mes services !

9

« La moindre chose contient un peu d'inconnu. Trouvons-le. »

Guy de Maupassant

Avant que la réunion ne débute, Roullier s'inquiéta de savoir si ses collaborateurs avaient pris le temps de déjeuner, omettant de préciser que lui-même n'avait rien avalé depuis le matin.

S'emparant ensuite d'un marqueur, il se dirigea d'un pas déterminé vers le tableau blanc. Ils se trouvaient dans la phase où chacun pouvait dire ce qu'il pensait sans se voir opposer d'objections. Roullier savait par expérience que les meilleures idées jaillissent des chimères, des suppositions peu réfléchies et de conclusions vraisemblablement erronées.

– Jimenez, c'est vous qui commencez. Je vous écoute. Qu'a donné l'enquête de proximité ?

– Rien, répondit-il.

Roullier se tourna vers lui, surpris.

– Comment ça, rien ?

– Personne n'a rien vu, ni entendu. Le quartier a vécu une nuit tranquille. Aucun véhicule étrange repéré, pas le moindre bruit suspect, j'ai vraiment l'impression d'avoir perdu mon temps.

Le désarroi de Jimenez conforta son supérieur. Son enquête de voisinage, selon lui désastreuse, leur livrait au contraire une information importante. Roullier lui laissa une chance de la trouver tout seul.

– Bravo, dit-il simplement, vous avez fait du bon boulot.

– Du bon boulot ? s'étonna Jimenez. J'ai été incapable de rapporter le moindre indice ! Et pourtant une femme victime d'insomnie chronique a passé la moitié de la nuit à sa fenêtre et un homme promenait son chien aux alentours de l'école vers une heure du matin.

– Voilà qui est très intéressant.

Jimenez hésita, se demandant l'espace d'un court moment si le capitaine n'était pas en train de se moquer de lui, puis soudain il comprit. Son visage s'illumina et Roullier sut que son protégé était de nouveau sur l'affaire.

– Eh oui, souffla-t-il, il y a de fortes chances que le criminel ait été à l'intérieur de l'établissement bien avant le meurtre. Et qu'il ne l'ait pas quitté une fois son forfait accompli.

Puis, se tournant vers Sonia Bahroune, la technicienne du groupe :

– J'ai besoin de la liste des personnes qui ont passé la nuit de dimanche à Bacordière.

Dieu, c'était son surnom, quitta la pièce en silence.

– A-t-on une idée de l'heure à laquelle a été commis le meurtre ? lança-t-il ensuite à la cantonade.

Ce fut Bonal qui répondit.

– D'après la température du corps[1], le médecin légiste situe l'heure du décès dans une fourchette comprise entre minuit et deux heures du matin. Le rapport du labo devrait nous fournir une heure plus précise.

Roullier grimaça et fixa Garnier et Lacroix. Il savait que ce qu'il s'apprêtait à leur demander ne servirait sans doute à rien, mais il ne pouvait se permettre de négliger la moindre piste. À ce stade de l'enquête, chaque détail avait son importance.

– Il va falloir vérifier les alibis de toutes les personnes présentes dans l'établissement.

1. La température d'une personne en bonne santé est de 37,2 °C. Après la mort, elle baisse progressivement pour parvenir à un équilibre avec la température ambiante.

Garnier et Lacroix opinèrent, sachant également que, sauf surprise énorme, à la question : « Que faisiez-vous à cette heure-là ? », la totalité des réponses serait : « Je dormais. »

Dieu revint avec une feuille à la main qu'elle tendit à Roullier. Ce dernier la consulta en silence avant de déclarer :

– Cela fait une vingtaine de coupables potentiels, on n'est pas tirés d'affaire...

Patricia Patten, la psychologue de l'équipe, surnommée Psycho Pat, leva la main pour demander la parole. Depuis le début, elle s'était tenue à l'écart, lisant et relisant les notes prises par Mélaine Jacobi.

– J'ai une intuition qui pourrait peut-être nous faire gagner du temps...

– Allez-y, l'encouragea Roullier, sachant que la finesse d'analyse de la psychologue leur avait permis maintes fois d'avancer dans des affaires complexes.

– Je pense que nous sommes en présence d'un meurtre non prémédité.

– Qu'est-ce qui vous permet d'affirmer une telle chose ?

– L'arme du crime. Le surveillant a été frappé avec sa propre torche. S'il avait eu l'intention de tuer, l'assassin aurait apporté une arme avec lui. Selon moi, il a agi sous le coup d'une impulsion meurtrière qu'il n'a pas su contrôler.

– Possible, admit Roullier. Espérons que les gars de la police scientifique parviennent à relever une empreinte sur la lampe torche.

Bonal en déduisit qu'il leur faudrait relever les empreintes de toutes les personnes présentes dans l'établissement le soir du meurtre.

– Le directeur risque de ne pas apprécier…

– On se passera de son assentiment, répliqua Roullier, bien décidé à ce que personne ne lui mette des bâtons dans les roues, et surtout pas Bortollini.

Il se tourna vers Mélaine Jacobi. Les battements de son cœur s'accélérèrent sans qu'il s'y attende. Il demanda à la charmante policière :

– Parlez-nous un peu du concierge, c'est bien lui qui a découvert le cadavre ?

– Oui. Lorsqu'il s'est levé aux alentours de sept heures, il a réalisé que les élèves dormaient encore. C'est le rôle du surveillant de nuit de les réveiller, il s'est dit que celui-ci avait sans doute eu une panne d'oreiller. Il est allé allumer dans les dortoirs avant de filer jusqu'au studio de Mathias Despinos. C'est là qu'il l'a découvert, baignant dans une mare de sang. Il nous a aussitôt contactés.

– Il n'a touché à rien ?

– À rien. Du moins, c'est ce qu'il prétend.

– La scène de crime était propre, intervint Bonal. C'est ce qui m'a incité à faire appel à la brigade scientifique.

Roullier réfléchit un instant.

– Vous êtes sûre qu'il n'a pas touché au corps ?

– C'est ce qu'il soutient.

– Et il a immédiatement appelé la police. Il a pris cette décision de lui-même ?

– C'était le seul adulte dans l'établissement à cette heure-ci, confirma Mélaine, hormis la cuisinière qui préparait le petit-déjeuner pour les élèves. Le directeur n'était pas encore arrivé.

– Il n'y a pas d'infirmière dans l'établissement ? insista Roullier.

– Pas en période de vacances scolaires.

Le capitaine semblait toujours dubitatif.

– Qu'est-ce qui cloche ? s'inquiéta Garnier.

Psycho Pat qui avait suivi le raisonnement de son supérieur répondit à sa place :

– Vous découvrez un corps inanimé avec une plaie à la tête, qui appelez-vous en premier ?

Ce fut Lacroix qui répondit :

– Le Samu. Des secours...

– Exact, reprit Roullier. Pas la police.

Il se fit la remarque qu'un Jimenez concentré aurait de suite relevé ce genre de détail, mais quelque chose semblait perturber le jeune policier, qui ne cessait de fixer les boutons de manchette de Bonal. Roullier se réserva le droit de discuter avec lui si son manque d'implication dans l'enquête persistait.

Il poursuivit son tour de table.

– Que sait-on sur la victime ?

Ce fut au tour de Bonal d'ouvrir son calepin. Il tourna quelques pages, le temps pour Roullier de constater qu'effectivement les boutons de manchette qui ornaient les poignets de la chemise de son adjoint étaient superbes. Nacre et or. Bonal avait dû casser sa tirelire.

Bonal se racla la gorge avant de prendre la parole.

– Mathias Despinos était âgé de trente-deux ans, il commençait sa huitième année en tant que surveillant à Bacordière. Issu d'un milieu modeste, il a grandi dans le quartier du Panier. Après avoir obtenu son bac, il a commencé des études de lettres qu'il n'a jamais terminées. La fouille de son appartement n'a rien donné. Il semblait très solitaire, peu d'amis, pas de petite amie régulière...

– Les parents ?

– Morts tous les deux.

– Des frères et sœurs ?

– Une sœur avec qui il était brouillé depuis plusieurs années.

– D'après les élèves que nous avons interrogés, compléta Garnier, il avait la réputation d'être très sévère.

– Un psychorigide selon certains, ajouta Lacroix.

Roullier jeta un coup d'œil circulaire dans la pièce. L'enquête s'annonçait longue et difficile, et pourtant s'il était une chose dont ils ne disposaient pas, c'était bien de temps. Sous la pression de parents influents, le commissaire exigerait d'eux des résultats rapides.

– Bon, déclara-t-il, en attendant le rapport de la police scientifique on a du travail.

Les policiers quittèrent la pièce les uns à la suite des autres.

Roullier s'approcha de Mélaine avant qu'elle ne sorte.

– Ça tient toujours pour ce soir ? lui demanda-t-il en lui effleurant le bras.

Elle lui sourit.

– Bien sûr. Neuf heures à *L'Abricôtier* comme prévu. Jimenez passe me prendre.

Roullier le chercha du regard, mais ce dernier avait déjà filé.

– Espérons qu'il n'oubliera pas, souffla-t-il en regagnant son bureau.

10

« La seule arme des enfants contre le monde, c'est l'imaginaire. »

Claude Miller

La voiture longeait la corniche bordant le front de mer.

À la nuit tombée, les lumières de la ville qui se reflétaient dans la baie offraient un spectacle magique à ceux ou celles qui laissaient leur regard s'y attarder.

Le capitaine Roullier ne s'en lassait pas. Sa fille non plus.

– C'est encore loin ? demanda-t-elle sans détourner les yeux.

– On arrive bientôt, répondit simplement Gabriel.

Le véhicule parcourut une centaine de mètres avant qu'Inès ne redemande :

– C'est parce que tu n'osais pas inviter Mélaine en tête à tête que tu as eu l'idée de cette soirée ?

Elle lut la surprise sur le visage de son père, surprise qui laissa rapidement place à l'irritation.

Elle le rassura aussitôt.

– Cool papa, je te faisais marcher, c'est tout !

Gabriel grimaça, pas vraiment convaincu.

Il ralentit et s'engagea dans un parking faiblement éclairé.

– Au fait, reprit Inès, maman a appelé. Elle te passe le bonjour.

– Comment va-t-elle ? s'inquiéta-t-il, plissant les yeux à la recherche d'une place libre.

Inès lui en indiqua une qu'il n'avait pas remarquée.

– Il serait peut-être temps que tu te décides à consulter un ophtalmo…

Il fit grincer la marche arrière.

– J'y vois encore très bien, merci ! Par contre toi, tu m'as l'air un peu dure d'oreille. Je t'ai demandé comment allait ta mère.

– Elle est en pleine forme, elle s'amuse.

Inès tendit son téléphone portable.

– Elle m'a envoyé une photo de la piscine de leur hôtel. Tu veux la voir ?

Gabriel détourna le regard.

– Laisse tomber !

Ils quittèrent la voiture sans un mot et se dirigèrent en silence vers l'entrée du restaurant.

Soudain, ils aperçurent Mélaine et Jimenez qui arrivaient à pied depuis le front de mer.

– Désolée pour le retard, s'écria la jeune femme, mais on est tombés en panne d'essence. Jimenez avait oublié de faire le plein.

Le fautif se tenait légèrement en retrait, soucieux. Roullier comprit que le moment était venu d'avoir une conversation avec lui.

Le prenant par l'épaule et l'entraînant vers le parking, il annonça :

– J'ai deux mots à lui dire, on vous rejoint très vite.

Ils s'éloignèrent tandis que Mélaine et Inès pénétraient dans le restaurant. Roullier décida de jouer franc jeu.

– Qu'est-ce qui ne va pas ? lui demanda-t-il sans ménagement.

La question décontenança Jimenez.

– Comment ça ? Tout va très bien...

– Ne me racontez pas de bobards, je vous ai observé aujourd'hui. Quelque chose vous tracasse.

– Oui, mais...

Jimenez s'interrompit et fixa la pointe de ses chaussures.

Roullier jeta un œil par la baie vitrée, Inès et Mélaine s'installaient à une table idéalement située. Il avait hâte de les rejoindre. N'ayant rien avalé depuis son petit-déjeuner, il était affamé.

Mais il prit le temps d'insister :

– C'est peut-être une affaire d'ordre privé et vous pouvez penser que cela ne me regarde pas, mais si votre problème affecte votre efficacité au sein de la brigade, il devient également le mien.

Jimenez se décida enfin à parler.

– OK. Vous n'ignorez pas que la semaine dernière, un camion qui transportait des fonds importants s'est fait braquer sur le chemin du Littoral ?

– Oui, bien entendu. Mais quel est le rapport…

– J'ai dîné hier soir avec un collègue de promotion. D'après lui, les braqueurs ont profité de complicités au sein de la police. Il se murmure même dans les couloirs qu'un membre de notre brigade serait impliqué dans cette histoire.

Roullier se rappela alors que toute l'équipe avait travaillé avec les convoyeurs de fonds pour mettre au point une dizaine d'itinéraires.

Sans complicité interne, les malfaiteurs n'auraient jamais pu deviner la route choisie ce jour-là.

Connaissant sa perspicacité, Roullier comprit que Jimenez avait lui aussi remarqué les changements vestimentaires du lieutenant.

– Vous pensez à quelqu'un en particulier ?

Roullier se sentit rassuré sur les capacités d'observation et d'analyse du jeune policier.

– À la même personne que vous, dit Jimenez en soutenant sans ciller le regard de son supérieur.

Roullier réfléchissait maintenant à toute vitesse. L'évidence était qu'il fallait rester concentré sur le meurtre du surveillant.

Ramenant Jimenez vers l'établissement, il lui suggéra :

– Laissons faire son travail à l'IGS[1]. Notre boulot à nous, c'est de trouver l'assassin de Mathias Despinos !

– D'accord.

– Dès demain, je vous veux à cent pour cent sur cette affaire. S'il y a un pourri parmi nous, on s'en occupera en temps utile. Vous m'avez bien compris ?

– Reçu cinq sur cinq. Je serai à cent cinquante pour cent, plaisanta Jimenez pour détendre l'atmosphère.

1. IGS : Inspection Générale des Services, la police des polices.

Roullier se dit que même avec un Jimenez à deux cents pour cent, la partie était loin d'être gagnée.

Sur le seuil de la pizzeria, il lui souffla :

– Et surtout pas un mot de tout cela à quiconque.

Au ton de la voix, Jimenez comprit qu'il ne s'agissait pas d'un conseil mais bien d'un ordre.

11

« Elles sont bien noires, les pensées des nuits blanches. »

Jules de Goncourt

Inès ne dormait pas.

Allongée sur le dos, les yeux grand ouverts, elle fixait un immense poster de Brad Pitt accroché au plafond de sa chambre. Son acteur favori fumait une cigarette sur le bord d'un quai brumeux. Inès adorait cette photo, elle avait l'impression que Brad ne regardait qu'elle. Elle pensa soudain aux millions d'adolescentes à travers le monde qui devaient se faire la même réflexion et sourit de sa naïveté.

Dans l'ensemble, la soirée avait été plutôt sympa.

Ils n'avaient bien entendu pas manqué de se remémorer leurs aventures parisiennes mais, par la suite, la discussion avait évolué sur des sujets plus légers tels que les bonnes résolutions de rentrée, les chances qu'avait l'OM cette saison de remporter le titre de champion ou bien encore les séries qu'ils préféraient.

Et celles qu'ils détestaient.

Son père tenait la grande forme. Pas une seule fois au cours du repas, il n'avait évoqué l'enquête. Mieux, en fin de soirée, il s'était laissé aller à raconter quelques blagues dont certaines avaient fait rire Mélaine.

Maintenant, elle pensait à Cédric. Cédric et ses magnifiques yeux bleus. Prétexter d'avoir à lui rendre son dictionnaire de citations lui paraissait une excellente excuse pour le revoir.

Inès avait bien du mal à trouver le sommeil.

Et elle n'était pas la seule dans ce cas.

Dans la pièce d'à côté, son père ne dormait pas non plus. Il pensait au meurtre de Mathias Despinos. Qui pouvait désirer sa mort ? D'après les premiers témoignages, le personnage n'avait rien de sympathique et, au fil des ans, il avait dû se créer de solides ennemis. De là à l'assassiner, il y avait un fossé que toute personne normalement constituée se refusait à franchir.

Il songea à la journée qui l'attendait. Demain, la pression commencerait à s'exercer. Sa hiérarchie espérait des résultats rapides, il ne pouvait se permettre de la décevoir.

Roullier se tourna à nouveau dans son lit. Il se maudit d'avoir bu un café en fin de repas, mais il savait que le breuvage noir n'était pour rien dans ce début de nuit agitée.

Gabriel Roullier ne pouvait se douter que, dans la ville endormie, les cas d'insomnies se multipliaient.

Jimenez était vautré sur une vieille banquette, zappant les programmes télé depuis deux bonnes heures.

Le jeune policier ne savait trop quoi penser. Les membres de l'équipe l'avaient accueilli avec chaleur et respect. C'était un peu comme une famille. Il pouvait compter sur eux en cas de coup dur, l'inverse était vrai.

Mais voilà qu'aujourd'hui le beau château de cartes s'écroulait. Quelqu'un avait trahi cette confiance.

Des images de son enfance lui revinrent en mémoire et aussitôt des larmes coulèrent.

Il les essuya d'un revers de main rageur.

Mélaine, elle aussi, s'interrogeait. Ne parvenant pas à trouver le sommeil, elle s'était mise en tête de compter les étoiles qui brillaient dans le ciel marseillais. Confortablement installée dans une chaise longue sur son balcon, elle s'y employait avec minutie, veillant à ne pas en oublier.

Elle savait que sa tâche relevait de l'impossible, et pourtant cela lui convenait parfaitement.

La soirée à la pizzeria avait été des plus agréables. Le capitaine Roullier s'y était montré sous son meilleur jour. Il l'avait amusée avec ses blagues dignes d'une cour de récréation de primaire, et cette fois le doute n'était plus permis. Elle se sentait irrésistiblement attirée par son supérieur. Mais n'était-ce pas une folie que de s'engager dans une telle relation ?

Jacobi, ne sachant trop quoi penser, préférait donc répertorier le nombre d'étoiles.

Filantes ou pas.

D'autres préféraient compter les billets de banque.

Debout dans sa cuisine, Bonal plaça la liasse bien en évidence sur la table et relut une nouvelle fois les instructions qu'il avait reçues une semaine auparavant.

Il traversa l'appartement et se planta devant le grand miroir du hall d'entrée. Il s'y observa un moment en silence.

Qu'importe ce que les collègues de la brigade penseraient de lui, maintenant c'était une certitude. Il irait jusqu'au bout de l'objectif qu'il s'était fixé.

À Bacordière aussi quelqu'un ne dormait pas.

Dans les couloirs obscurs, une ombre se faufilait à pas de velours. Elle descendit les escaliers menant au sous-sol, tourna sur sa droite et fila vers le complexe sportif. Après avoir longé la piscine couverte, elle pénétra sans la moindre hésitation dans le gymnase. Ouvrant un réduit, l'ombre y déposa un sac qu'elle camoufla sommairement sous un tas de ballons.

Puis, toujours discrète, à pas de loup, elle remonta au premier étage où se situait le dortoir des internes.

L'espace d'un instant, l'ombre passa devant une fenêtre ouverte, mais c'était une nuit sans lune.

Impossible de distinguer son visage.

12

« Si l'on sait exactement ce qu'on va faire, à quoi bon le faire ? »

Pablo Picasso

Gabriel se pencha vers sa fille.

– Tu m'as bien compris ? Tu restes dans ton coin sans te faire remarquer et une fois la réunion terminée, je t'emmène voir Cédric.

Inès courba l'échine, ce n'était pas le moment de contrarier son père. Elle tendit son pouce.

– On fait comme ça.

Lorsqu'elle lui avait annoncé son intention de retourner à Bacordière, Roullier avait compris que sa fille n'était pas insensible au charme de Cédric. Mais en homme pragmatique, le capitaine avait également perçu l'avantage qu'il pouvait tirer de cette situation.

Si le sympathique garçon acceptait d'occuper Inès pendant que lui traquait l'assassin du surveillant, il aurait un poids de moins sur ses épaules.

De plus, cela ne modifiait en rien ses plans pour la matinée, il avait prévu une visite à l'institution privée. Une nouvelle rencontre avec le directeur lui semblait indispensable.

Roullier salua d'un geste ample toute l'équipe qui l'attendait dans son bureau en vue du briefing matinal. Afin de se faire pardonner son léger retard, mais aussi parce que c'était devenu un rituel lorsqu'une enquête débutait, le capitaine extirpa d'un sac en papier recyclé la douzaine de croissants chauds qu'il venait d'acheter à la boulangerie du quartier et les disposa sur un plateau.

– Je vais préparer le café ! annonça Jimenez en fonçant vers l'espace cuisine.

– Inutile de courir... commença Lacroix.

Comme souvent, Garnier compléta la pensée de son collègue :

– ... le rapport de la brigade scientifique n'est toujours pas arrivé !

Les membres de la Brigade Sud patientèrent en commentant le titre qui faisait la une de *La Provence* ce matin-là.

BRAQUAGE DU TRANSPORT DE FONDS :
LA POLICE SUSPECTE DES FUITES
À L'INTÉRIEUR DE SES PROPRES SERVICES !

Ainsi, bizarrement, la presse avait eu vent de l'histoire, se dit Roullier.

Ce qui n'était jamais une bonne chose.

Lors de la discussion qui s'ensuivit, il se garda bien d'émettre le moindre avis sur la question, se contentant d'écouter attentivement les uns et les autres. Tout juste remarqua-t-il la superbe montre que Bonal arborait à son poignet.

« Elle est neuve », pensa-t-il.

Elle ne ressemblait en rien aux pâles imitations achetées sur les marchés de la ville que le lieutenant avait pour habitude d'exhiber. Non, celle-ci était une montre de marque. Roullier estima qu'elle valait un mois de salaire.

Le café arriva au même moment que l'expert de la police scientifique.

Roullier lui serra la main avec chaleur, soulagé d'être détourné de ses sombres pensées.

– Ce n'était pas la peine de vous déranger...

– Ça ne me dérange pas du tout, le coupa le scientifique. En fait, je tenais à vous faire part en personne de nos résultats.

Devant la mine surprise du capitaine, l'expert comprit qu'il lui devait quelques explications.

– La scène du crime n'était absolument pas polluée comme c'est le cas la plupart du temps. Les empreintes relevées un peu partout dans la chambre sont quasi parfaites... Elles appartiennent toutes au surveillant sauf une, que nous avons retrouvée sur la bouteille de bière.

Roullier se tourna vers Lacroix et Garnier. Les deux brigadiers lui renvoyèrent un clin d'œil, confirmant que le message était bien passé. Sitôt la réunion terminée, ils fileraient à Bacordière relever les empreintes des personnes présentes sur les lieux la nuit du meurtre.

– Les radios du crâne de la victime, poursuivit l'expert, nous ont permis de reconstituer l'amplitude de la trajectoire qu'a suivie la lampe torche pour obtenir une telle force destructrice à son point d'impact...

– Et ? le pressa Sarah Bahroune.

– Considérant que la victime mesurait un mètre soixante-dix, nous pouvons en déduire que l'agresseur mesure environ un mètre quatre-vingt-dix !

Mélaine Jacobi accueillit la nouvelle avec un large sourire.

– Voilà qui réduit considérablement notre champ d'investigation.

Mais Jimenez, bien qu'occupé à remplir les tasses à café disposées sur la table, gardait intacte sa capacité de réflexion.

– Mathias Despinos, fit-il remarquer, a été retrouvé allongé près d'un mini frigo. De plus, il y avait une bouteille de bière au sol. On peut en déduire qu'il était agenouillé devant son frigo au moment où on l'a agressé…

– C'est une éventualité en effet, grimaça l'expert.

Ce fut au tour de Roullier de sourire, heureux de constater que le jeune policier était à nouveau impliqué à cent pour cent dans l'enquête.

Le scientifique sortit alors un cliché d'une enveloppe kraft.

– Nous avons aussi trouvé des cheveux blonds. D'après l'ADN, ce sont des cheveux féminins.

– Le tueur serait donc une femme ?

– C'est une possibilité, oui. Sauf que…

– Quoi ?

– Une femme normalement constituée pourrait difficilement porter un coup d'une telle puissance !

– Nous cherchons donc une haltérophile blonde approchant les deux mètres, ironisa la psychologue Patricia Patten.

Jimenez ne fut pas en reste.

– Nous n'avons plus qu'à récolter et analyser les urines des lycéennes, dit-il en faisant tourner le plateau sur lequel se trouvaient les croissants. Les traces d'anabolisants nous conduiront droit à la coupable.

Les policiers présents dans la pièce laissèrent échapper un début de fou rire. Tous, sauf l'expert qui paraissait avoir égaré son sens de l'humour.

Il réalisait que sa démonstration était en train de virer à la catastrophe. Au lieu d'aider les enquêteurs, il leur compliquait la tâche.

Ce qui venait de se produire conforta Roullier dans ses convictions. Une enquête de police nécessitait avant tout un raisonnement humain pour aboutir. L'avancée scientifique était un plus et non un élément déterminant. Il décida néanmoins de recadrer ses troupes.

– Restez concentrés ! ordonna-t-il d'une voix sèche. L'enquête doit progresser.

Il n'eut pas besoin d'insister. Les visages se fermèrent instantanément.

Roullier fit signe à l'expert qu'il pouvait continuer. Celui-ci sortit une nouvelle photographie de la pochette.

– À partir d'une trace partielle de pas trouvée dans la mare de sang, nous avons reconstitué la forme de son pied droit. Le tueur chausse du 44.

« Une géante blonde survitaminée avec des palmes aux pieds », pensa Jimenez.

« Rares sont les femmes qui possèdent une telle pointure », se dit Mélaine.

Ils s'abstinrent de formuler leur avis à voix haute.

Inès, assise dans son coin, réfrénait elle aussi l'envie d'intervenir. Mais elle avait fait une promesse à son père.

– Dernière chose, ajouta l'expert, le sang a giclé suffisamment loin pour que les vêtements de l'agresseur en soient recouverts.

– Les personnes présentes au lycée au moment du crime ont bien été toutes consignées ? s'inquiéta Roullier.

– Oui, confirma Bonal. Personne n'a été autorisé à quitter Bacordière.

– Ce qui signifie qu'avec un peu de chance le vêtement se trouve toujours sur place. La brigade canine pourrait nous être utile.

– Je me charge de les contacter, déclara le lieutenant en décrochant le téléphone.

Roullier se tourna vers le reste de l'équipe.

– Bon, pour commencer on se concentre sur les empreintes. Si cela ne suffit pas pour trouver notre assassin, on envisagera une autre approche.

Fidèle à ses habitudes, il tapa dans ses mains aussi bien pour leur donner le signal du départ que pour les encourager.

En peu de temps, le bureau se vida et Roullier se retrouva seul face à l'expert.

– Je suis désolé, déclara ce dernier, mais mon intervention n'a pas été une franche réussite.

Roullier se fendit d'un sourire.

– C'est le moins que l'on puisse dire...

Le capitaine tendit la main vers sa fille qui le rejoignit en silence.

– C'est votre première affectation ? demanda-t-il.

L'expert opina.

– Oui. Je pensais naïvement que ma présence vous aiderait à mieux appréhender le problème...

– La prochaine fois, contentez-vous d'envoyer le rapport ! lâcha Roullier avant de quitter la pièce à son tour.

13

« Si vous possédez une bibliothèque et un jardin, vous avez tout ce qu'il faut. »

Cicéron

La porte s'entrebâilla, laissant apparaître la tête ébouriffée de Cédric.

– Ah, c'est vous…

– Je vous dérange ? demanda Roullier.

– Non, pas du tout. Je lisais…

Le capitaine fit mine de regarder autour de lui.

– Votre père n'est pas là ?

– Il donne un coup de main aux fli… aux policiers, pour les empreintes.

– Et vous ? J'ai vu que votre nom figurait sur la liste.

Cédric agita le bout de ses doigts.

– J'y suis passé le premier.

– Parfait. Dans ce cas, puis-je vous demander à nouveau un petit service ?

– Quel genre ?

Roullier s'écarta, laissant apparaître une Inès radieuse.

– Le même que la dernière fois, le temps que je règle certains détails avec monsieur Bortollini.

La porte s'ouvrit spontanément.

– Pas de problème, déclara le fils du concierge.

Le ton de sa voix laissait entendre qu'il était très heureux de revoir Inès.

– Ma fille tenait absolument à vous rendre en personne le livre que vous lui avez prêté hier, précisa encore Roullier.

Le pincement qu'il ressentit au bas du dos l'informa que la fille en question n'appréciait pas du tout cette dernière remarque. Au moment de la formuler, Roullier avait bien imaginé sa réaction, mais la tentation avait été trop forte. Les occasions de faire réagir Inès ne se présentaient pas tous les jours.

Cédric les pria d'entrer.

Inès précéda son père, le gratifiant au passage d'un discret coup de coude dans les côtes. Elle tendit le dictionnaire des citations à son propriétaire.

– J'en ai relevé plus d'une cinquantaine. Merci beaucoup.

– Tu aurais pu le garder, répondit ce dernier en déposant l'ouvrage sur un coin de table. J'aime m'entourer de livres, mais je considère aussi qu'ils sont faits pour voyager. Un livre qui demeure sur une étagère est un livre qui se meurt.

« Et la poussière qui lentement le recouvre est son tombeau », compléta Roullier en son for intérieur.

Il pénétra à son tour dans la maison et découvrit que le salon en était envahi. Pas de poussière, mais de livres. Il fallait littéralement slalomer entre les piles pour parvenir à se frayer un chemin.

– Suivez-moi jusqu'au jardin, les invita Cédric. Nous serons mieux pour discuter…

Puis, croisant le regard surpris du capitaine :

– Désolé, la lecture est ma passion. Une passion légèrement envahissante !

– Ne vous excusez pas, on dit toujours que les jeunes d'aujourd'hui ne lisent pas assez. Vous êtes la preuve vivante que c'est faux. Qui oserait se plaindre ?

– Parlez-en à mon père et vous verrez ce qu'il en pense.

– Et qu'en pense-t-il ? demanda Inès.

– Il prétend que si je continue à rapporter des livres, nous allons devoir déménager !

« Ce en quoi il n'a pas tout à fait tort », se dit Roullier.

Mais une fois de plus, il garda son commentaire pour lui. Il ne tenait pas à vexer Cédric, Inès ne le lui pardonnerait certainement pas.

Par contre, Roullier faillit lui demander ce qu'en pensait sa mère. Il se rappela au dernier moment avoir lu quelque part qu'elle était décédée depuis plusieurs années. La gaffe avait été évitée de justesse. Et là aussi, Inès lui en aurait voulu terriblement.

Le salon donnait sur un petit jardin, situé à l'arrière de la maison. Une haie touffue de cyprès le tenait à l'abri des regards indiscrets. Et une pelouse bien entretenue lui conférait un charme certain. Au centre de la pelouse, une chaise longue avait été dépliée. À ses pieds, un livre ouvert et un verre rempli d'orangeade.

– Sois la bienvenue ! annonça Cédric.

Il déplia une autre chaise longue et fit signe à Inès de s'y installer.

– Tu veux boire quelque chose ?

Celle-ci hésita, s'approcha de son père qui furetait autour d'une pile de livres et lui glissa à l'oreille :

– Je croyais que tu avais une enquête à mener ?

Elle avait raison. Roullier réalisa qu'il était importun.

– Bon je dois vous laisser, dit-il. Le devoir m'appelle. À tout à l'heure.

Il faillit ajouter : « Et surtout soyez sages ! »

Mais il prenait le risque de s'exposer à une sanction très lourde de la part d'Inès. Il se rappelait encore la semaine où elle ne lui avait pas adressé la parole suite à une remarque qui lui avait semblé anodine.

Roullier s'apprêtait à quitter la maison lorsque le père de Cédric arriva.

– Monsieur Danpiery ? s'enquit-il en souriant.

L'homme était sur la défensive.

– Lui-même. Puis-je savoir qui vous êtes et ce que vous faites chez moi ?

Roullier lui tendit la main.

– Je suis officier de police, je dirige l'enquête sur le meurtre du surveillant.

Le concierge sembla se détendre et accepta de lui serrer la main. Sa poigne était ferme.

– J'ai déjà répondu à toutes les questions possibles…

– Rassurez-vous, je venais juste déposer ma fille.

– Votre fille ?

– Oui, elle s'entend bien avec votre fils et moi, ça me permet de travailler l'esprit tranquille.

– Dans ce cas.

Roullier désigna la porte de derrière.

– Ils se sont installés dans le jardin.

– Bonne idée, fit remarquer le concierge sur un ton sarcastique. Ils seront plus à l'aise qu'à l'intérieur.

Roullier comprit que les livres ne faisaient pas l'unanimité dans la famille.

– Bien, je vais devoir vous quitter. J'ai rendez-vous avec le directeur. Je repasserai chercher ma fille d'ici une heure ou deux.

– Pas de problème, je ne bouge pas.

Roullier s'apprêtait à quitter l'endroit lorsque, après un temps d'hésitation, il revint vers le concierge.

– J'aurais quand même une question à vous poser si vous le permettez…

« Décidément, pensa Stéphane Danpiery, un flic reste un flic. »

– Allez-y, je vous écoute.

– Lorsque vous avez découvert le corps de Mathias Despinos, pourquoi votre premier réflexe a-t-il été d'appeler la police et non les secours ?

Le concierge se raidit de manière quasi imperceptible, mais Roullier nota quand même son changement d'attitude.

– Quinze ans comme ambulancier bénévole à la Croix-Rouge, avança-t-il comme argument, croyez-moi je sais reconnaître un cadavre.

Devant la mine étonnée du capitaine, il poursuivit :

– La mare de sang était impressionnante, le surveillant s'était vidé durant la nuit.

Ayant obtenu le renseignement qu'il souhaitait, Roullier n'insista pas.

Sitôt dehors, il eut une drôle de sensation. Il s'immobilisa au milieu de l'allée qui menait au bâtiment principal. Il resta là un long moment puis, ne parvenant pas à mettre un mot ou une image sur le malaise qui grandissait en lui, il reprit sa route d'un pas pesant.

14

« Celui qui ouvre une porte d'école, ferme une prison. »

Victor Hugo

Les lycéens réunis dans le réfectoire attendaient leur tour en silence. La file progressait calmement.

Garnier, perché sur un tabouret, une feuille d'appel entre les mains, validait les passages et veillait au bon déroulement des opérations, laissant à Lacroix le soin de manipuler le scanner portatif que leur avait fourni Dieu.

L'appareil envoyait directement la prise d'empreintes au fichier central où un ordinateur la comparait avec celles retrouvées sur la bouteille de bière.

Il fallait obtenir au moins douze points de concordance pour affirmer sans risque d'erreur que les empreintes provenaient d'une même personne.

Le directeur de l'établissement se tenait en retrait, observant la scène avec une rage difficilement contenue.

Roullier s'avança vers les deux brigadiers.

– Du nouveau ? demanda-t-il.

– Rien pour l'instant, répondit Garnier. Il nous reste une dizaine de personnes à contrôler.

– Est-ce que vous avez relevé les empreintes du concierge ?

– Bien sûr, confirma le brigadier. Il a été le deuxième à passer, juste après son fils. Négatif pour lui aussi.

À cet instant, une voix forte s'éleva :

– Capitaine ! Vous tombez bien, je voulais vous voir justement…

Le directeur s'approcha.

– Et lui ? demanda encore Roullier en désignant le directeur d'un hochement discret du menton.

– Non, il n'était pas présent dans l'établissement la nuit du meurtre.

– S'il s'avise de me donner à nouveau des ordres, on les lui prendra, trancha le capitaine, et devant ses élèves !

Lacroix esquissa un sourire.

– À vos ordres chef !

Comme prévu, Bortollini ne le déçut pas. À peine arrivé à sa hauteur, il lui aboya à la figure :

– Vous pouvez être certain que les parents d'élèves ne vont pas apprécier de voir leurs enfants traités comme des délinquants !

Roullier parvint à garder son calme. Il désigna le lecteur d'empreintes à Bortollini.

– En attendant que vos parents d'élèves rédigent leur pétition et la fassent parvenir à mon ministre de tutelle, c'est à votre tour d'y passer !

Il y eut un flottement dans le regard du directeur. Puis il comprit soudain ce que l'on attendait de lui et un délicieux mélange d'incompréhension et d'outrage se lut dans ses yeux.

– Vous ne me soupçonnez tout de même pas du meurtre de Mathias Despinos ? s'offusqua-t-il en prenant soin de surjouer sa surprise.

Voyant que les élèves dans la file d'attente commençaient à s'intéresser à la conversation, Roullier prit un malin plaisir à répondre en haussant la voix.

– Vous savez, monsieur le directeur, à ce stade de l'enquête, tout le monde doit être considéré comme suspect. Ma hiérarchie ne comprendrait pas que je néglige la moindre piste.

Bortollini marqua une pause, tentant d'évaluer le degré de crédibilité qu'il convenait d'accorder à l'affirmation du policier. Pour finir, il jugea plus prudent de ne pas insister et se contenta de tendre la main droite.

Lacroix s'en empara avec un rictus de satisfaction qui exprimait son sentiment envers les abus d'autorité de toutes sortes.

Pendant ce temps, Inès se prélassait sur une chaise longue, sirotant un soda frais. Une paire de lunettes de soleil posée sur le bout du nez, elle profitait des quelques rayons de soleil, tristes souvenirs d'un été déjà lointain.

– Au fait, déclara Cédric en ramassant son verre d'orangeade resté au sol, à propos de la dispute du surveillant avec l'élève de terminale…

– Oui ?

– Je me suis souvenu de son nom. Ça pourrait peut-être aider ton père dans son enquête.

Inès saisit son calepin à spirale à l'intérieur de son sac à dos.

– Vas-y, je t'écoute.

– Il s'appelle Daniel Redessas, une vraie teigne.

Inès inscrivit le nom sur un coin de page.

– Et sa copine ?

– Quoi sa copine ?
– Est-ce que tu te rappelles son nom ?
Cédric hésita un moment, puis balbutia :
– Euh... Non.
– C'est pas grave, on se contentera de celui du garçon.
Inès referma le carnet et demanda d'un air détaché :
– Elle ne serait pas blonde par hasard ?
De nouveau, Cédric plissa les yeux.
– Oui, je crois. Pourquoi tu me poses cette question ?
Inès reposa le carnet dans le sac.
– Pour rien, dit-elle sans marquer la moindre émotion.
Mais intérieurement elle jubilait.
Elle tenait enfin une piste sérieuse.

15

« Où serait le mérite, si les héros n'avaient jamais peur ? »

Alphonse Daudet

Roullier récupéra sa fille aux alentours de midi et l'emmena manger dans un fast-food proche des locaux de la brigade.

Après avoir passé sa commande, Inès se tourna vers son père.

– Et toi, qu'est-ce que tu prends ?

Gabriel secoua la tête.

– Rien, je n'ai pas faim.

Il n'était pas nécessaire d'être devin pour comprendre que le déroulement de l'enquête le tracassait : des rides profondes barraient son front.

– Des ennuis ? lui demanda-t-elle après qu'ils se furent installés près d'une baie vitrée donnant sur une rue piétonne.

– Plutôt oui. Les prises d'empreintes de ce matin n'ont rien donné, on va devoir étendre les recherches à tous les élèves.

Inès croqua à pleines dents dans son hamburger.

– J'vois pas où est le problème, déclara-t-elle la bouche pleine, débordante de ketchup.

« Bon sang, pensa Gabriel, pourquoi sa mère ne se charge-t-elle pas de lui inculquer les notions de base de savoir-vivre ? »

Puis, revenant à la question de sa fille :

– Le problème c'est que cela représente un travail énorme de contacter plus de trois cents élèves dont certains ont quitté Marseille pendant la semaine de vacances.

– D'habitude ce genre de détail ne te fait pas peur, lui fit remarquer Inès en avalant une poignée de frites. Il y a sûrement autre chose.

Gabriel baissa les yeux en soupirant. Sa fille ne se contentait pas de lire en lui à livre ouvert, elle connaissait l'ouvrage par cœur.

– Tu as raison, il y a autre chose...

– Quoi donc ? s'inquiéta Inès en trempant une frite dans une barquette de mayonnaise.

– Une pression énorme va peser sur nos épaules si on se lance dans une telle entreprise.

– Ah bon, pourquoi ?

– Les parents d'élèves de Bacordière ne sont pas de simples citoyens, ils ont un réseau de connaissances étendu.

Inès lui fit signe qu'elle avait compris.

Son père préféra taire qu'un des membres de la brigade était suspecté de trahison. Il n'évoqua pas non plus Mélaine Jacobi, qui occupait son esprit la plupart du temps, ni le fait qu'il culpabilisait de ne pas s'occuper davantage de sa fille durant son séjour à Marseille.

Roullier éprouva soudain un sentiment aigu de lassitude. Il aurait volontiers couru se réfugier au fond d'un lit.

Sous une couette accueillante.

Fermer les yeux, tout oublier.

Inès le fixa, l'air dubitatif.

– Je me demande combien tu serais prêt à offrir pour une information concernant le meurtre du surveillant ? Une info qui te ferait gagner un maximum de temps !

Roullier reprit soudain espoir. Plus d'une fois, l'intuition de sa fille s'était révélée déterminante.

– Ça dépend. En général, on évite de payer nos indics. Mais pour toi, et si l'info est bonne, je suis prêt à faire un geste.

Inès engloutit le dernier morceau de son hamburger.

– Je suppose, dit-elle en mastiquant le semblant de viande, que les élèves qui étaient à Bacordière la nuit du meurtre ne sont plus consignés.

– Exact, ils peuvent désormais aller où bon leur semble.

– Et que si Cédric m'invitait au cinéma, rien ne s'y opposerait ?

– A priori non…

– Parfait, jubila Inès en s'essuyant les lèvres. J'ai rendez-vous avec lui demain à quinze heures pour aller voir le dernier film de Brad Pitt.

« Maudite manipulatrice ! » pensa Gabriel en s'efforçant de sourire.

Puis, serrant les poings sous la table :

– Vas-y je t'écoute. Tout dépendra de ce que tu vas m'apprendre.

Inès esquissa un léger sourire. Elle était sûre d'elle.

– Si j'étais toi, je convoquerais un certain Daniel Redessas avant de me lancer dans le relevé d'empreintes de tous les élèves de l'établissement.

– Qui est-ce ?

– Un élève de terminale. Mathias Despinos avait tenté de lui piquer sa petite amie.

Elle marqua une courte pause avant de poursuivre :

– Qui a la particularité d'être blonde !

– Un peu léger pour tuer quelqu'un…
– Ils se sont violemment disputés en public et le surveillant a humilié Daniel Redessas devant les autres élèves.
– D'où tiens-tu cette info ?
Inès secoua la tête.
– Désolée, mais un bon enquêteur ne révèle jamais ses sources. C'est toi qui me l'as appris.
Gabriel n'insista pas. Il savait qui lui avait fourni le renseignement.
Il tendit la main.
– Prête-moi ton téléphone, c'est urgent !
Inès le lui confia volontiers, heureuse que son père reconnaisse enfin les avantages de la technologie moderne.
Ce dernier composa le numéro de la brigade qui était pourtant en mémoire.
Elle le regarda d'un air désolé en pensant : « Le pauvre, il ne sait même pas se servir du répertoire… »
Ce fut Lacroix qui décrocha.
Le capitaine donna ses ordres sans entrer dans les détails.
– Vous m'avez bien compris, n'hésitez pas à remuer ciel et terre. Il me le faut à la brigade avant…
Soudain, il se tut. Sa mine stupéfaite pouvait laisser croire qu'un spectre venait de surgir dans le restaurant.

Sur le trottoir d'en face, le lieutenant Bonal s'entretenait avec une femme d'une quarantaine d'années. Belle et très élégante.

Les cheveux recouverts d'un foulard Hermès, elle portait un tailleur haute couture et ses mains étaient gantées.

D'un geste tout en finesse, elle sortit une enveloppe kraft de son sac à main Vuitton et la tendit discrètement à Bonal.

16

« Les yeux sont aveugles, il faut chercher avec le cœur. »

Antoine de Saint-Exupéry

Après avoir déposé sa fille chez lui, Roullier déboula dans les locaux de la brigade et constata que tous les membres de l'équipe, hormis Bonal, étaient au travail.

– Alors, qu'est-ce que ça donne ? demanda-t-il à Lacroix qui raccrochait son téléphone.

– Daniel Redessas est convoqué pour neuf heures demain matin. Il viendra accompagné de ses parents.

– Et pourquoi pas aujourd'hui ?

– La famille au complet se trouve en Ardèche. Enterrement de la grand-mère paternelle...

Bien que cette nouvelle le contrariât fortement, Roullier n'insista pas.

– En attendant que ce jeune homme débarque ici, continuez à préparer les convocations pour les prises d'empreintes, on ne sait jamais. Si cette piste n'est pas la bonne, il nous faudra en passer par là.

Mélaine Jacobi s'étira en faisant craquer ses doigts. D'habitude, Roullier détestait cela, mais le moindre geste de la belle policière était à ses yeux un miracle de sensualité.

– Pourquoi se focaliser sur lui plutôt qu'un autre ? lança-t-elle dans un soupir.

– Ce lycéen s'est violemment disputé avec la victime quelques jours avant le meurtre. Il accusait Mathias Despinos de lui avoir piqué sa petite amie.

– Et c'est vrai ?

– Ça, je l'ignore.

– On peut le lui demander, proposa Garnier. Comment s'appelle cette jeune fille ?

Roullier écarta les bras en signe d'impuissance.

– Je ne connais pas son nom. Je ne sais même pas si elle est inscrite à Bacordière.

Lacroix décrocha le combiné du téléphone.

– On pourrait interroger Daniel Redessas…

Mais Roullier l'arrêta d'un geste.

– Non, inutile. Il faut qu'il continue à croire qu'il s'agit d'une convocation de routine.

Jimenez avait suivi le raisonnement de son supérieur.

– Si Daniel se doute qu'on le soupçonne du meurtre, il se forgera un alibi béton.

– Exactement, confirma Roullier qui connaissait la puissance de l'argent. Il arrivera à la brigade accompagné d'un avocat bardé de diplômes et nous n'en tirerons rien.

Lacroix se redressa d'un bond et récupéra sa veste accrochée à une patère de bois.

– Dans ce cas, je me charge de la retrouver par mes propres moyens.

Garnier se leva à son tour.

– Je t'accompagne !

– Une info qui vous aidera, leur annonça Roullier avant qu'ils ne disparaissent, la fille que nous recherchons est blonde.

Les deux brigadiers comprirent l'allusion à la couleur des cheveux retrouvés sur la scène du crime et hochèrent la tête en quittant la pièce d'un même pas décidé.

– Quelqu'un peut-il me confirmer que ces deux-là ne sont pas frères siamois ? ironisa Jimenez.

Des rires fusèrent auxquels Roullier ne fut pas le dernier à se joindre, appréciant à sa juste valeur le trait d'humour du jeune policier.

Puis il reprit son sérieux et se tourna vers Psycho Pat :

– Il faut que vous me dénichiez le dossier de Daniel Redessas, histoire de voir ce que vous pouvez en tirer.

– Je travaille déjà dessus ! lui apprit la psychologue avec un sourire satisfait.

Roullier parut désarçonné par cette nouvelle.

– Comment est-ce possible ? Vous avez eu l'info il y a tout juste une heure !

Patricia Patten désigna Sonia Bahroune.

– Dieu est avec moi !

Le visage de la technicienne s'empourpra.

– C'est que... Hum... J'ai piraté le système informatique de l'établissement. Pour avoir accès aux dossiers scolaires des élèves.

– Tout ça n'est pas bien légal ! grimaça Roullier.

– On n'est pas obligés de le crier sur les toits...

Roullier se rappela comment Dieu leur avait permis de boucler l'affaire du train fantôme. À l'époque, il n'avait pas été très pointilleux quant aux moyens utilisés. Il décida de fermer encore les yeux.

Il avait besoin de résultats. Et vite.

– Si ça vous intéresse, poursuivit Dieu, j'ai aussi découvert comment l'établissement s'y prend pour afficher un taux de réussite de cent pour cent au bac.

– Je vous écoute.

– C'est une manipulation très simple. Les élèves sur lesquels les professeurs émettent des doutes à la fin de l'année scolaire sont présentés en tant que candidats libres !

– Simple et efficace, reconnut Jimenez. Il suffisait d'y penser.

Roullier se tourna vers la psychologue Patricia Patten.

– Faites-nous part de vos premières impressions concernant Daniel Redessas !

Elle hésita avant de répondre.

– Il semble que notre suspect soit du type impulsif. Il a été renvoyé de deux établissements avant d'atterrir à Bacordière. À chaque fois pour le même motif...

Ce fut Mélaine qui suggéra :

– Violence ?

Patricia Patten acquiesça.

– Parfaitement. J'ai eu également accès à son dossier médical. Ce garçon suit un traitement, une sorte de camisole chimique qui est censée canaliser ses sautes d'humeur.

Roullier attendit quelques secondes avant de lui demander :

– Quelles sont vos conclusions ?

– Il a le profil idéal.

À cet instant, Bonal fit son apparition. Il tenait un chien en laisse, un chien qui visiblement ne respirait pas la santé. Son poil rare, sa langue pendante d'une blancheur maladive et ses yeux exorbités laissaient penser qu'il n'en avait plus pour très longtemps à vivre.

– C'est quoi ce truc ? demanda Jimenez.

– Ce truc, comme vous dites, est le seul élément disponible à la brigade canine pour le moment.

– Pas possible !

– Malheureusement si. Un train a déraillé près de Gap il y a moins d'une heure et toutes les équipes cynophiles sont sur place pour tenter de retrouver des survivants.

Sonia Bahroune désigna la pauvre bête.

– Et ils n'ont pas voulu de lui ?

– Trop vieux, il est à un mois de la retraite. En plus, sa spécialité, c'est la recherche de stupéfiants. Mais on m'a assuré qu'il pouvait très bien remonter une piste.

Roullier se dit que le moment était venu d'avoir une petite discussion avec le lieutenant. Et l'occasion qui se présentait était trop belle pour la laisser passer.

Il s'empara de son blouson de cuir et, sans le moindre regard pour le chien qui remuait bêtement la queue, il ordonna à Bonal d'un ton ferme :

– Suivez-moi. On va à Bacordière !

17

« Il est bon de lire entre les lignes, cela fatigue moins les yeux. »

Sacha Guitry

Roullier ouvrit la portière au chien qui s'allongea d'autorité sur la banquette arrière. La voiture n'avait pas fait cent mètres qu'il ronflait comme un bienheureux.

Le capitaine lança un coup d'œil inquiet dans le rétroviseur et se tourna vers Bonal.

– Vous êtes sûr qu'il nous sera utile ?

Bizarrement, le lieutenant semblait confiant.

– Il paraît que ce chien était une véritable star lorsqu'il travaillait pour les Douanes.

« Après tout pourquoi pas ? pensa Roullier. Ne jamais se fier aux apparences, elles sont souvent trompeuses. »

Le portable de Bonal sonna et tandis que le lieutenant prenait l'appel, Roullier remarqua qu'il s'agissait d'un tout nouveau type de téléphone multifonctions.

Il se souvint qu'à l'approche de sa date d'anniversaire, Inès lui avait longuement vanté les mérites de ce modèle, mais que son prix exorbitant l'avait contrainte à renoncer. Inès s'était contentée du dernier DVD du film dans lequel jouait Brad Pitt, d'un CD de Boby Lapointe et d'une écharpe mauve.

– C'est Lacroix, annonça Bonal en étouffant la communication avec sa main gauche.

– Que dit-il ?

– Qu'il nous attend avec Garnier à l'entrée, près de la maison du concierge. Ils lui ont demandé de leur ouvrir le casier de Daniel Redessas et ils ont pu y récupérer un vêtement que le lycéen avait porté.

Roullier freina progressivement à l'approche d'un feu rouge. Il n'avait pas la moindre envie que le fin limier dégringole de la banquette et se casse la truffe.

– Du neuf en ce qui concerne la fille ?

– Elle est bien inscrite à Bacordière. Le directeur l'a appelée, elle ne devrait pas tarder à arriver.

Le feu passa au vert et Roullier démarra en souplesse.

– OK, dites-leur d'effectuer un prélèvement salivaire sur cette jeune personne. Et qu'ils récupèrent également quelques-uns de ses cheveux pour un test comparatif.

– Ça marche ! répondit Bonal en décollant la paume de sa main du portable.

Roullier attendit qu'il ait terminé sa conversation pour lui demander :

– Bel appareil que vous avez là, qu'avez-vous fait de l'ancien ?

– Le rose ?

– Oui, le rose, approuva Roullier, se rappelant combien les membres de la brigade se gaussaient à chaque fois que Bonal exhibait son portable de midinette.

– On m'a conseillé de m'en débarrasser. Il a filé direct à la poubelle !

– Apparemment, on vous conseille sur pas mal d'autres points...

Bonal réalisa que le regard de son supérieur s'attardait sur son costume neuf. Une coupe sur mesure.

– Ah, vous avez remarqué ? dit-il en rougissant.

– Il faudrait être aveugle pour ne pas s'apercevoir du changement. Que vous arrive-t-il donc ?

– Comment ça ? s'étonna Bonal.

– Eh bien, votre niveau de vie semble avoir explosé depuis quelque temps et ce n'est pas votre salaire de lieutenant qui vous le permet. Vous avez gagné au Loto ou quoi ?

Bonal laissa échapper un rire.

– Pour gagner, il faudrait que je joue. Non, c'est plus simple que ça. Cet été, ma grand-tante est décédée et j'ai hérité d'une partie de ses biens...

Roullier rétrograda à l'amorce d'un virage serré, attentif à la suite.

– Une somme suffisamment conséquente pour m'attacher les services d'une personal coaching in life attitude.

Roullier se retint de piler.

– D'une quoi ?!

– Une sorte de conseillère de vie en société, si vous préférez. Une professionnelle du savoir-vivre et de l'élégance.

Le capitaine ne put s'empêcher de ralentir. Il ne s'attendait pas à une telle réponse.

– Vous voulez parler de la belle femme, très raffinée, avec qui je vous ai aperçu tout à l'heure dans la zone piétonne ?

– C'est elle, confirma Bonal.

– Celle qui vous remettait une enveloppe...

– Elle contient mon programme hebdomadaire, la liste des affaires à acheter, ainsi que mes exercices quotidiens.

– Vos exercices ?

Bonal sortit l'enveloppe de sa poche, l'ouvrit et en retira une feuille dactylographiée.

– Cette semaine par exemple, je dois acheter une paire de chaussures, j'ai aussi un questionnaire-test à remplir...

– Un questionnaire-test ?

Bonal esquissa un sourire.

– Celui-ci porte sur un dîner en tête-à-tête, il y a une trentaine de questions avec des réponses à choix multiples.

– Citez-m'en une au hasard.

– Vous arrivez au restaurant accompagné d'une femme. Qui entre en premier, elle ou vous ?

Roullier soupira, soulagé. Mais sa découverte ne faisait que déplacer le problème. Puisque ses soupçons concernant le lieutenant étaient infondés, qui donc avait pu renseigner les truands ?

Il accéléra.

– La réponse est trop facile. Un homme qui a du savoir-vivre laisse toujours passer la jeune femme d'abord.

Bonal vérifia la réponse au dos de la feuille.

– Erreur, dit-il en souriant, c'est vous qui devez entrer le premier dans l'établissement, afin de la protéger des regards étrangers.

Vexé, Roullier ne desserra plus les dents jusqu'à leur arrivée à Bacordière.

Il se gara le long de la haie d'arbres qui protégeait le jardin du concierge et invita la star des douanes à le suivre. Le chien ouvrit péniblement un œil, bâilla longuement et consentit enfin à descendre du véhicule.

Dès qu'il fut dehors, il devint comme fou, tournant sur lui-même à la manière d'une toupie en phase de décélération.

– Qu'est-ce qu'il a ? s'inquiéta Roullier.

Bonal semblait autant surpris que lui.

– Pas la moindre idée.

Les deux brigadiers les rejoignirent. Garnier s'approcha et lui fit sentir le vêtement récupéré dans le casier de Daniel Redessas. Aussitôt le chien se calma. Après un temps d'hésitation, il commença à remonter l'allée qui menait au gymnase.

Les hommes partirent à sa suite, seul Roullier s'attarda sur les lieux. De nouveau, un sentiment étrange s'emparait de lui. La sensation ne passait pas. L'impression que quelque chose était visible à condition qu'il le regarde de la bonne façon.

Ne parvenant pas à déceler ce qui le dérangeait si fortement, Roullier chassa ses pensées d'un revers de main et se hâta de rejoindre les autres.

Lorsqu'il les retrouva enfin, Garnier exhiba un pull, l'air triomphant.

– Voyez ce que le chien a découvert !

Roullier s'empara du vêtement maculé de sang.

– Ça m'a tout l'air d'être celui que portait notre assassin la nuit du crime, déclara Lacroix.

– Le meurtrier l'avait camouflé sous un tas de ballons, mais il l'a trouvé quand même ! précisa Bonal en caressant le chien. Je vous l'avais dit, un champion !

Roullier éprouva un véritable soulagement. Finalement, il allait peut-être avoir un peu de temps libre à consacrer à sa fille.

Il plaça la pièce à conviction dans un sachet plastique hermétique et félicita ses adjoints.

– Du beau travail, messieurs. Cette fois, je sens que nous touchons au but !

18

« De tous les arts, l'art culinaire est celui qui nourrit le mieux son homme. »

Pierre Dac

Inès pointa son nez dans la cuisine d'un air gourmand.

– Hum, qu'est-ce qui sent bon comme ça ?

Le visage de son père s'illumina.

– Pâtes aux supions, tu vas adorer !

Presque aussitôt, il remarqua la grimace et cela lui gâcha quelque peu son plaisir. Cependant, en père averti, il prit garde de ne pas faire le moindre reproche à sa fille. Il ne désespérait pas un jour de lui apprendre à apprécier autre chose que les hamburgers caoutchouteux ou bien encore ses insipides pizzas décongelées.

Elle s'assit dans un coin de la cuisine et contempla un long moment son père en silence.

Ce dernier savait parfaitement ce qu'elle attendait de lui. Elle mourait d'envie de lui entendre dire qu'une fois de plus elle les avait aidés à résoudre l'affaire.

Mais il était hors de question qu'il lui offre un tel plaisir. Il continua de peler les tomates comme si de rien n'était, en sifflotant une chanson de Julien Clerc qu'il aimait bien, *Ma préférence à moi*.

N'y tenant plus, Inès finit par demander d'un ton qui se voulait le plus détaché possible :

– Alors, comment s'est passé ton après-midi ?

Gabriel sourit. Il aurait pu faire durer le supplice, mais il eut pitié d'elle.

– Ta piste semble intéressante. La jeune fille que fréquente Daniel Redessas est effectivement blonde et les cheveux retrouvés sur les lieux du crime sont bien les siens.

– Ce qui signifie ? insista Inès.

– Pas grand-chose. Elle affirme ne s'être jamais rendue dans la chambre de la victime.

– Daniel Redessas les avait peut-être sur lui lorsqu'il est venu assassiner le surveillant ?

Gabriel opina.

– C'est une hypothèse. Nous avons retrouvé dans le gymnase du lycée un pull taché de sang. L'analyse nous a confirmé que le sang était celui de Mathias Despinos.

Inès piaffait d'impatience.

– Et le pull, à qui appartient-il ?

– À Daniel Redessas, sa petite amie nous l'a assuré. Tout comme elle a reconnu qu'il avait du mal à contrôler sa jalousie maladive.

– Alors, il n'y a plus de doute, c'est lui ! s'emporta Inès.

Gabriel Roullier tempéra l'enthousiasme de sa fille.

– Du calme, nous devons encore procéder à quelques vérifications.

– Comme quoi ?

– Ses empreintes, son emploi du temps...

Inès tombait des nues.

– Tu es en train de me dire que vous ne lui avez toujours pas mis la main dessus ?

– Ce n'est qu'une question d'heures.

Prenant son temps, Gabriel récupéra l'une des pâtes qui tourbillonnaient dans l'eau bouillante et la goûta du bout des dents. L'impatience de la jeunesse le ravissait.

Inès fronça les sourcils.

– Tu m'expliques ?

– Daniel est parti avec ses parents assister à l'enterrement d'un membre de sa famille, mais demain matin il sera dans nos bureaux et...

– Et vous pourrez l'arrêter ! s'écria Inès.

– Nous pourrons lui signifier sa mise en examen, corrigea Gabriel. Et seulement si les empreintes correspondent.

Inès leva les bras au ciel.
– Et tout ça grâce à qui ?
Gabriel se sentait d'humeur généreuse. Il confirma :
– Grâce à toi bien sûr.
Il laissa filer un blanc et ajouta :
– À toi et à Cédric.
Inès baissa la tête en rougissant.
– C'est bien lui qui t'a renseignée sur Daniel Redessas, n'est-ce pas ? insista Gabriel.
Inès opina et narra l'épisode où Cédric avait évoqué le côté shérif du surveillant, insistant sur le fait qu'il traquait les fumeurs de cannabis ou bien encore les amoureux transis avec un zèle qui lui valait de nombreux ennemis.
Gabriel s'étonna que le directeur n'ait pas évoqué de problème de drogue au sein de l'institution. Sans doute soucieux de la réputation de son établissement, avait-il fait l'impasse volontairement. À moins qu'il n'ait réellement été au courant de rien.
La voix d'Inès le ramena à la réalité.
– C'est toi qui m'as demandé de l'interroger, tu devrais être fier de moi.
– Mais je le suis, ne t'inquiète pas.
Inès bondit à travers la cuisine.
– Ouais ! L'assassin de Bacordière arrêté grâce à la perspicacité de la très jeune enquêtrice Inès Roullier. Digne fille de son père…

Gabriel lui désigna une pile d'assiettes.

– En attendant de faire la une des journaux, tu devrais mettre la table. C'est bientôt prêt...

Pour une fois, Inès obéit sans renâcler. Gabriel s'en étonna en silence.

Il la regarda un moment s'activer dans le reflet d'une glace et un sentiment de bien-être s'empara de lui. La table mise, elle revint vers son père et souffla dans son dos :

– Et pour le cinéma de demain, comment on s'organise ?

Gabriel s'en voulut de sa naïveté et il se rappela qu'il procédait de la même manière à son âge. Caresser dans le sens du poil pour obtenir ce que l'on veut.

– On verra ça au dîner, dit-il tandis qu'il égouttait les pâtes.

– OK, répondit Inès sans insister.

Puis elle fila dans le salon, alluma la télé et s'étala sur la banquette.

– Tu as des nouvelles de ta mère ? cria Gabriel à travers la pièce.

– Oui, elle a appelé avant que tu rentres. Tout va bien, elle t'embrasse.

– Au moins ça, dit-il en versant les supions dans les pâtes.

19

« Science sans conscience n'est que ruine de l'âme. »
François Rabelais

Son regard filait d'un point à un autre sans parvenir à se fixer.

Derrière la vitre, il pouvait voir ses parents, attendant, sur un banc fatigué, qu'on leur explique ce qu'il allait advenir de leur fils unique.

Le tapotement incessant de son pied droit trahissait son énervement grandissant.

Roullier dévisagea longuement l'adolescent qui se tenait assis face à lui.

Il repensa au portrait qu'en avait tracé Psycho Pat. Une personnalité cyclothymique sujette à des accès de colère incontrôlables.

Daniel Redessas était précisément en train de perdre patience. Son emportement prenait le dessus sur l'apparence policée qu'il s'était efforcé de conserver jusqu'alors.

Dévisageant à son tour le policier, il lui éructa à la figure :

– Quelqu'un va-t-il enfin me dire pour quelle raison je suis ici et pourquoi on a relevé mes empreintes ?

Roullier répondit d'un ton serein :

– Simple procédure de routine. Tous vos copains de Bacordière y ont eu droit également.

– Faux ! s'exclama le jeune homme. Seules les empreintes des élèves présents la nuit du meurtre ont été relevées.

Ainsi donc il s'était renseigné avant de débarquer à la brigade. Pourquoi alors se jeter si vite dans la gueule du loup s'il savait ce qui l'attendait ? L'espace d'un instant, Roullier eut un doute.

– Vous me considérez comme suspect ? demanda le lycéen.

Roullier faillit lui avouer que c'était sa dispute avec le surveillant qui les avait menés jusqu'à lui, mais il préféra se taire. Le moment des explications n'était pas encore venu.

– Vous faites erreur sur toute la ligne ! poursuivit Daniel Redessas. Vous perdez votre temps avec moi.

– Nous allons le savoir très vite, rétorqua Roullier qui venait d'apercevoir Sonia Bahroune sortant du labo.

Dieu s'approcha d'une démarche chaloupée, son pouce dressé vers le haut confirma enfin ce que Roullier subodorait : les empreintes du garçon correspondaient avec celles retrouvées sur la bouteille de bière.

Roullier ne laissa rien paraître et jeta un œil discret sur les chaussures du jeune homme.

– Vous chaussez du combien ?

– Du 44, s'étonna le lycéen. Pourquoi ?

– Et vous mesurez ?

– 1,85 m.

Roullier prit soin de vérifier que la caméra de contrôle fonctionnait avant d'annoncer d'un ton neutre :

– Daniel Redessas, je vous place en garde à vue pour une durée légale de quarante-huit heures. Vous êtes suspecté d'homicide sur la personne de Mathias Despinos...

Le garçon se redressa d'un bond.

– C'est n'importe quoi ! J'étais chez moi cette nuit-là, je n'ai pas quitté ma chambre !

– Quelqu'un peut-il le confirmer ? s'enquit Roullier toujours aussi flegmatique.

Le lycéen hésita avant de répondre.

– Non, j'étais seul. Mes parents étaient sortis...

– Dans ce cas.

Roullier déploya à son tour sa longue carcasse et frappa à la porte. Garnier et Lacroix attendaient de prendre sa place. Ils s'étaient distribués à l'avance les rôles du bon et du méchant flics.

Lorsqu'il aperçut Roullier dans le couloir, le père de Daniel Redessas vint à sa rencontre.

– Allez-vous enfin nous dire ce qui se passe ? demanda-t-il sur un ton méprisant.

Les Redessas étaient réputés à Marseille. Une famille de gros industriels avec de puissants appuis politiques.

Roullier préféra esquiver la réponse et lui retourna une question.

– Avez-vous un avocat monsieur Redessas ?

L'homme se raidit.

– Bien sûr, maître Allouche du barreau de Marseille. Pourquoi ?

Roullier s'éloignait déjà.

– Parce qu'il va falloir que vous l'appeliez, lança-t-il en guise d'au revoir. Le moment est venu pour lui de justifier ses honoraires !

20

« Je fais partie de ces personnes qu'on adore détester. Je n'en veux pas aux gens, c'est génétique. »

Brad Pitt

Les verres s'entrechoquèrent. Dans l'annexe du commissariat, l'ambiance était bon enfant mais l'excès n'était pas de mise.

– À notre succès ! entonna tout de même Bonal en levant son verre.

– Un de plus ! renchérit Jimenez.

Dieu ne fut pas en reste.

– Notre pourcentage d'affaires résolues va encore grimper.

– D'accord, le dossier n'est pas complètement ficelé, reconnut Roullier, mais je fais confiance à Lacroix et Garnier pour obliger le gamin à se mettre à table[1].

1. En argot : avouer.

Psycho Pat ne semblait pas inquiète.

– Croyez-moi patron, d'ici ce soir le minot aura craqué. Je vous parie dix euros qu'il avouera même ses vols de billes en maternelle !

Ils éclatèrent de rire en portant un toast.

Tandis que Bonal remplissait les verres, Mélaine s'approcha de Roullier.

– Alors soulagé ?

– Oui, soupira ce dernier en vidant le sien d'un trait. Le sentiment du devoir accompli est toujours une sensation agréable.

Roullier n'était jamais parvenu à éprouver de joie véritable quand les affaires sur lesquelles il travaillait étaient élucidées. Ensuite, il se sentait vide, le succès n'avait pas le goût promis. Attraper le coupable s'accompagnait toujours de la question suivante : « Et alors ? »

– Vous allez pouvoir enfin passer du temps avec Inès.

Roullier esquissa un sourire. Il aurait bien aimé, mais la vie avait horreur du vide. Un problème chassait l'autre. Il allait devoir maintenant s'employer à démasquer le complice des braqueurs au sein de l'unité.

Mélaine réalisa soudain qu'elle n'avait pas vu la fille du capitaine traîner dans les locaux de la brigade comme elle en avait l'habitude durant ses séjours à Marseille.

– Au fait, où est-elle ?

– Aujourd'hui est un grand jour, maugréa Roullier en courbant l'échine. Aujourd'hui, ma fille s'émancipe !

Puis se redressant d'un bloc, il tendit son verre vide au lieutenant.

– Et ça se fête ! s'exclama-t-il en dévisageant la jolie policière.

Bien entendu, il lui était déjà arrivé d'aller voir un film avec ses cousins ou en tribu avec les copains et copines du collège, mais c'était la première fois qu'Inès se rendait au cinéma avec un garçon qui était un parfait inconnu quelques jours auparavant.

Cédric était venu la chercher en scooter. Ce que son père ignorait. Inès lui avait dit qu'elle le rejoindrait dans le centre-ville en métro. Pour le reste, elle n'avait pas travesti la vérité et, contre toute attente, il avait dit oui à tout.

Un miracle.

Une fois sur place, Cédric avait poussé la délicatesse jusqu'à lui payer sa place. Inès avait accepté de bonne grâce, mais en échange elle avait été intransigeante question friandises. C'est elle qui régalait.

Ils attendaient donc le début du film, un seau rempli de pop-corn calé entre les jambes.

Salé pour Cédric, sucré pour Inès.

Elle leur trouvait un arrière-goût de plastique chauffé, mais comme son père détestait les modes venues des USA, elle prenait un malin plaisir à les apprécier.

– Alors, demanda Cédric tandis que les publicités commençaient, où en est l'enquête ?

– Elle suit son cours, répondit-elle laconiquement en plongeant la main dans le seau de pop-corn.

– Ça, c'est ce que racontent les flics lorsqu'ils n'ont pas le moindre début de piste.

– Possible…

Son père avait posé deux conditions à son escapade. Être de retour à l'appartement avant vingt heures et rester d'une discrétion absolue vis-à-vis de l'affaire.

Aussi, bien que mourant d'envie de tout raconter, Inès garda le silence.

Elle n'avait pas le choix.

D'autant que les lumières venaient de s'éteindre et que le film débutait enfin.

21

« Rien de plus sale que l'amour-propre. »
Marguerite Yourcenar

Roullier, l'air soucieux, avançait le long de la plage, traînant ses pieds dans l'eau froide. Le bas de son pantalon retroussé, il tenait ses chaussures à la main.

Les nombreuses rides qui creusaient son front étaient un précieux indice pour jauger de la pression à laquelle il était soumis.

Contrairement à ce qu'il avait espéré dans un premier temps, Daniel Redessas n'était pas passé aux aveux. Garnier et Lacroix avaient beau se relayer depuis le début de la journée, l'adolescent continuait de camper sur ses positions.

Il reconnaissait volontiers sa jalousie maladive et ses sautes d'humeur, il confirmait également sa violente dispute avec le surveillant quelques jours seulement avant son assassinat, mais niait être l'auteur du crime.

Dans l'heure qui avait suivi l'annonce de sa garde à vue, les appels téléphoniques s'étaient succédé à la brigade. Le directeur de Bacordière, l'avocat de la famille Redessas, le commissaire divisionnaire... Il ne manquait plus que le préfet.

Provisoirement, Roullier avait trouvé un remède à ses soucis. Fuir le bureau, afin de mettre un peu de distance et tenter d'y voir plus clair. La plage des Catalans lui avait semblé un endroit propice à la réflexion. À cette époque de l'année, l'endroit était plutôt désert et le point de vue toujours aussi sublime. Roullier aimait s'y promener après une journée difficile.

Mais il n'était pas encore seize heures.

Mélaine Jacobi l'avait suivi. En bonne équipière, elle n'avait pu se résigner à abandonner le capitaine en pleine tempête.

Elle marchait à ses côtés sur la plage, préférant la douceur du sable sec à la fraîcheur d'une eau à dix degrés.

Roullier comprenait que la situation était en train de lui échapper. Le temps, pour une fois, ne jouait pas en sa faveur. S'il n'obtenait pas d'aveux, le procureur le dessaisirait de l'affaire et le livrerait en pâture à la presse.

Et ce jeune entêté de Daniel Redessas qui refusait d'admettre l'évidence.

– Mais bon sang ! s'emporta Roullier. On a le mobile du crime, on a ses empreintes sur la bouteille, on a retrouvé des cheveux appartenant à sa copine sur les lieux du crime, un de ses vêtements maculé du sang de la victime… Que faut-il de plus ?

– Expliquer comment il est entré et sorti de Bacordière sans être vu ? hasarda Mélaine. Et pourquoi il a maladroitement dissimulé son pull dans le gymnase…

Elle avait raison. Trop de zones d'ombre subsistaient.

– Je sens que la situation m'échappe, que je ne maîtrise plus rien ! déclara Roullier en balançant un coup de pied dans l'eau.

– Un jour, Psycho Pat m'a expliqué que les boxeurs perdent connaissance plusieurs fois au cours d'un combat. Une petite seconde par-ci, une seconde par-là. Mais ils arrivent quand même à rester sur leurs jambes. Comme si le corps savait que c'est temporaire. Il prend la direction des opérations et les tient debout jusqu'à ce que la conscience revienne.

Roullier s'approcha de Mélaine et écarta une mèche de cheveux de son visage.

– Et comment fait-on pour ne pas être mis KO sur-le-champ ? lui susurra-t-il.

– Comme les boxeurs professionnels, suivre le mouvement. Ne pas résister. Il faut prendre les choses comme elles viennent et les laisser filer comme à travers un barrage. Faire en sorte qu'elles ne s'accumulent pas jusqu'à ce que le mur se fissure.

Roullier retira sa main et se remit en marche.

– Le plus étrange, poursuivit Mélaine, c'est que Daniel Redessas était consigné lui aussi. Il a même passé le début du week-end à Bacordière.

Roullier pila net.

– Comment ça ? Pourquoi ne figurait-il pas sur la liste alors ?

– Parce que ses parents ont appris le décès de la grand-mère en début de soirée, le dimanche. Ils sont venus récupérer leur fils à l'institution aux alentours de vingt heures afin de pouvoir partir le plus tôt possible le lendemain matin pour l'Ardèche.

– Mais le rapport disait que Daniel était seul chez lui !

– Ils l'ont effectivement déposé chez eux avant de rejoindre une partie de la famille installée à Marseille.

Roullier remua ses pieds dans l'eau. Un mini tsunami se dirigea lentement vers la policière.

– Ce qui signifie qu'il retourne plus tard à Bacordière, assassine son rival vers minuit, abandonne son vêtement taché de sang dans le gymnase et rentre tranquillement chez lui ?

Mélaine opina en silence.

– Sans que personne le remarque ?

De nouveau, elle aquiesça.

– À quelle heure sont revenus les parents ?

Mélaine consulta ses notes.

– Selon eux, entre deux et trois heures du matin. Madame Redessas nous a assuré avoir jeté un coup d'œil dans la chambre de son fils avant de rejoindre la sienne…

– Et alors ?

Il se doutait de la réponse.

– Daniel dormait comme un bébé !

Roullier reprit sa progression dans l'eau glacée. Quelque chose clochait, mais il n'arrivait pas à mettre le doigt dessus.

– Tout cela n'a aucun sens, déclara-t-il en respirant l'air frais du large.

Mélaine Jacobi le suivait en silence, partageant son impression.

Cette histoire était proprement insensée.

22

« Notre tête est ronde pour permettre à la pensée de changer de direction. »

Francis Picabia

Roullier ne croyait pas au hasard, plutôt à la conjonction des trajectoires. Il rentrait à la brigade accompagné de Mélaine Jacobi quand, sortant comme un obus de son bureau, Jimenez lui tomba littéralement dans les bras.

– Capitaine ! Vous avez eu mon message ?

Il recula pour lui répondre :

– Non, j'arrive juste. Que se passe-t-il ?

– La taupe, celle qui a renseigné les braqueurs pour l'attaque du fourgon…

– Oui, eh bien ?

– Ça y est, on l'a identifiée !

Roullier inspira longuement, s'attendant au pire.

– Vous ne devinerez jamais de qui il s'agit, le défia Jimenez comme s'il s'agissait d'un jeu.

– Non, répondit Roullier sur un ton agacé. Je ne vois pas.

Jimenez se permit une ultime pirouette.

– Mon copain de promotion, vous vous souvenez ?

– Celui qui vous a dit que la fuite provenait de notre propre brigade ?

– Exact !

– Oui, et alors ?

– C'était lui ! Il avait un besoin urgent d'argent frais. Il paraît qu'il était couvert de dettes de jeu.

– Les gars de l'IGS ont été plutôt rapides sur ce coup-là ! s'exclama Roullier admiratif.

Jimenez opina.

– C'est sa femme qui a tout balancé, elle leur a dit qu'elle ne pouvait pas continuer à vivre avec ce poids sur la conscience.

Un ange passa.

Roullier était rassuré. Il s'en voulut un moment d'avoir suspecté les membres de l'équipe, mais il savait par expérience que personne n'était à l'abri d'un faux pas.

Pas même lui.

– Quel pervers tout de même, s'indigna Jimenez. Essayer de faire porter le chapeau à un autre !

Roullier ne semblait pas surpris outre mesure.

– C'est une pratique courante. Qui, petit, après avoir commis une grosse bêtise, n'a jamais été tenté de faire accuser un copain à sa place ?

Il se figea soudain. La phrase qu'il venait de prononcer se répercuta en boucle dans son esprit jusqu'à ce que les indices qu'il n'avait pas su voir se mettent en place.

Et cette fois cela avait du sens.

La vision de cauchemar qui lui apparut alors le fit frissonner.

Il avait failli envoyer un innocent en prison.

Plus grave...

Sa propre fille était peut-être en danger.

23

« Une erreur originale vaut mieux qu'une vérité banale. »

Fiodor Dostoïevski

Roullier les rassembla dans son bureau. Tous. Garnier et Lacroix arrivèrent les derniers. Les deux brigadiers paraissaient épuisés.

Il les interrogea du regard.

– Toujours rien, répondit Lacroix.

Garnier se laissa tomber dans un fauteuil sans âge.

– Le gamin s'entête à répéter qu'il est innocent.

Roullier jeta un œil à la pendule murale. Bientôt dix-huit heures. Il se racla la gorge afin d'éclaircir sa voix et déclara :

– Il dit peut-être la vérité.

Sur le coup, Garnier manqua bondir du fauteuil.

– Comment ça ?

– Laissez-moi d'abord vous exposer ma théorie et vous me direz ensuite ce que vous en pensez...

Roullier marqua une pause, guettant leur approbation silencieuse. Puis, l'ayant obtenue, il enchaîna :

– Imaginons un instant qu'une personne mal intentionnée ait décidé de faire porter le chapeau à Daniel Redessas...

– Qui ? s'enquit Jimenez, bouillant d'impatience.

Roullier calma son ardeur d'un geste de la main :

– Voilà comment je vois les choses... Nous savons que la victime était réputée pour son autoritarisme exacerbé. Elle avait l'habitude de tout contrôler et le directeur, réfugié dans sa tour d'ivoire, lui laissait carte blanche pour régler les problèmes à sa guise. Selon moi, le surveillant avait découvert un trafic de drogue au sein de l'établissement et exerçait une forme de chantage sur le dealer.

La stupéfaction se lisait sur le visage de Bonal.

– De la drogue ?

Roullier entreprit de lui rafraîchir la mémoire.

– Rappelez-vous comment le champion des Douanes est devenu fou sitôt descendu de voiture.

– Je m'en souviens. Il n'a pas arrêté de tourner en rond jusqu'à ce que Garnier lui fasse sentir le vêtement du jeune Redessas.

– Exact ! confirma Roullier. À mon avis, le chien avait détecté la drogue.

– Mais où était-elle ?

– Je suis prêt à parier dix euros qu'elle est cachée quelque part dans la maison du concierge, annonça Roullier en fixant Psycho Pat.

– Tenu ! fit cette dernière.

La psychologue avait horreur de perdre. Et que son jugement soit pris en défaut l'indisposait plus encore.

– Une équipe est en train de perquisitionner sur place, leur apprit Roullier. Nous serons fixés très vite.

– Alors, selon vous, c'est le concierge qui a tué Mathias ? lui demanda Garnier.

Roullier savait que ce qu'il s'apprêtait à leur révéler produirait le même effet qu'une grenade dégoupillée lâchée au beau milieu de la pièce.

– Pas lui, son fils !

Il ne s'était pas trompé. Leurs figures se décomposèrent en un instant.

Roullier poursuivit son explication.

– Selon moi, Cédric s'est disputé avec Mathias et ça a mal tourné. Ensuite il s'est souvenu de la dispute du surveillant avec Daniel et a décidé de le faire accuser à sa place. Il a effacé ses traces sur la lampe torche et a semé des preuves qui l'accusaient.

– Tout devait nous entraîner sur la piste du jeune Redessas. Sauf qu'un imprévu est venu détraquer la belle mécanique.

– Le décès de la grand-mère ! s'écria Mélaine.

– Exact ! Ça, le fils du concierge l'ignorait. Du coup, le lendemain du crime, Daniel n'apparaît plus sur la liste des personnes présentes le soir du meurtre et sa machination tombe à l'eau.

Jimenez continua :

– Il utilise donc Inès pour vous convaincre d'aller voir du côté de Daniel.

Les épaules de Roullier s'affaissèrent d'un bloc.

– Et je suis tombé dans le panneau.

Pour Bonal, la solidarité n'était pas un vain mot.

– Nous nous sommes tous fait avoir, dit-il en baissant les yeux.

Le téléphone sonna, ce fut Lacroix qui prit l'appel. Les regards se tournèrent vers le brigadier qui raccrocha au bout d'une minute et sourit en direction de Psycho Pat.

– Tu peux sortir ton billet, les gars des Stups ont déniché deux cents grammes de shit soigneusement emballés au fond du jardin.

– D'accord pour le trafic, mais cela ne suffit pas à en faire un meurtrier ! répondit la psychologue qui refusait de s'avouer vaincue.

Dieu lui vint en aide, une fois de plus.

– Patricia a raison. Il va falloir présenter quelque chose de plus sérieux au juge si l'on veut qu'il inculpe Cédric Danpiery pour l'assassinat de Mathias Despinos.

Roullier le savait aussi.

Jimenez, lui, n'en pouvait plus d'attendre.

– Est-ce qu'on va quand même aller le cueillir ?

– Cédric n'est pas chez lui, répondit Lacroix. Et son père ne sait pas où il est. On a laissé deux gars de chez nous en planque en face de Bacordière au cas où il se pointerait...

Roullier se racla de nouveau la gorge. Il s'apprêtait à leur envoyer une nouvelle grenade en pleine figure.

– Cédric est au cinéma, en compagnie d'Inès...

Un froid glacial envahit soudain la pièce, les policiers semblèrent subitement changés en statues de givre.

Mélaine fut la première à réagir.

– Je m'occupe de l'avertir ! déclara-t-elle en dégainant son portable.

Tandis qu'elle s'éloignait pour téléphoner, Roullier s'effondra dans le seul fauteuil resté libre.

– Bon sang, si Sarah apprend qu'une fois encore j'ai entraîné notre fille dans une enquête dangereuse, elle va tout faire pour que je ne puisse plus la voir.

Mélaine revint vers eux, tendue.

– Inès ne répond pas !

Les épaules du capitaine s'affaissèrent un peu plus.

– C'est un cauchemar...

Mais Dieu semblait avoir la solution.

– On a encore une chance de pouvoir la repérer. Un téléphone mobile envoie des signaux perçus par les stations de base du secteur dans lequel il se trouve. Pas uniquement quand on l'appelle, mais quand il est allumé. Accordez-moi cinq minutes, le temps de vérifier que la base qui couvre Marseille reçoit toujours des signaux provenant du téléphone d'Inès.

Dans un silence digne d'une cathédrale, Sonia Bahroune quitta la pièce.

– Pourvu qu'il ne lui soit rien arrivé, marmonna Roullier. Je ne me le pardonnerais pas.

Mélaine posa une main sur son épaule.

– Ça va aller...

Au bout des cinq minutes qui semblèrent des siècles, la technicienne réapparut.

– Son téléphone est éteint ! déclara-t-elle les mâchoires crispées.

24

« Aimer, c'est trouver sa richesse hors de soi. »

Alain

Lorsque Inès sortit de la salle de cinéma, elle connecta son portable. Aussitôt il vibra. Un message vocal était arrivé durant la projection du film.

Elle vérifia l'origine de l'appel et constata que le numéro correspondait à celui de Mélaine. Que pouvait-elle donc lui vouloir ?

Elle se tourna vers Cédric.

– Tu permets un instant ?

– Pas de problème.

Tandis que le garçon se dirigeait vers son scooter attaché à un platane, Inès composa le 888. Elle reconnut aussitôt la voix de son père.

– Rappelle immédiatement à la brigade. C'est très important !

« C'est vraiment incroyable ! pensa-t-elle. Pas moyen d'être tranquille cinq minutes ! »

Et elle appuya sur la touche « Rappel automatique ».

Cédric était penché sur l'antivol empêtré autour de l'arbre et lorsqu'il se redressa après l'avoir enfin ouvert, il aperçut Inès, les yeux pleins de larmes, qui l'observait.

– Que se passe-t-il ? demanda-t-il.

Elle parvint à hoqueter entre deux sanglots :

– Tu t'es servi de moi… Tu m'as utilisée…

– C'est quoi ce délire ?

– Pas la peine de faire comme si tu ne comprenais pas… Mon père m'a tout expliqué… Ils ont trouvé ta réserve de shit !

Cédric blêmit.

– Alors c'est ça hein ? Son côté flic a repris le dessus, il n'a pas pu s'empêcher de fouiller chez moi ?

Inès ne répondit pas. Les larmes continuaient de couler le long de son visage.

– Un fils de concierge qui sort avec la fille d'un capitaine de police, ça la fout mal !

– Mon père n'est pas comme ça ! rétorqua Inès.

– Ah bon ? s'emporta Cédric. Qu'est-ce qui se passe alors ?

– C'est toi qui as tué le surveillant à Bacordière, prononça Inès d'une voix blanche.

Cédric laissa échapper un petit rire nerveux.

– Je le crois pas, on va m'accuser du meurtre de Mathias. Tout ça pour ne pas salir l'honneur d'un fils de bonne famille !

Inès secoua la tête en séchant ses larmes.

– Tu te trompes, cela n'a rien à voir avec ça !

– C'est quoi alors ?

– C'est une histoire de justice.

Cédric préféra garder le silence. Son regard se perdit au-delà d'Inès et s'éteignit.

– Pourquoi ? lui demanda Inès après un court instant.

De nouveau il revint vers elle et balbutia :

– Je n'ai fait que me défendre. Ce sale fouineur de Mathias avait découvert mon petit trafic et me faisait chanter. Il voulait que je lui file dix mille euros, sinon il me balançait au directeur !

– Pourquoi ne pas avoir accepté ?

Il baissa la tête.

– Tu ne peux pas comprendre…

– Sûr, si tu ne m'expliques pas je n'ai aucune chance.

Ses yeux se posèrent sur la pointe de ses chaussures.

– Cet argent représentait mon avenir, la possibilité de poursuivre des études.

– Tu aurais pu refuser, peut-être qu'il n'aurait pas mis sa menace à exécution.

– Despinos était une véritable ordure, il n'aurait pas hésité à me dénoncer à Bortollini et mon père aurait perdu son emploi. Nous nous serions retrouvés à la rue. Je n'avais pas le choix !

– Mon père m'a appris qu'on a toujours le choix.

Cédric releva les yeux et planta son regard dans celui d'Inès. Son expression était moins résignée.

– Mon choix à moi a été de faire accuser Daniel. Après sa dispute avec Despinos au réfectoire, j'étais sûr que les soupçons se porteraient sur lui. J'ai effacé mes empreintes sur la lampe, j'ai récupéré une bouteille de bière et l'un des pulls de Daniel dans son casier.

– Comment as-tu fait ?

– Mon père possède un passe qui ouvre toutes les serrures de Bacordière.

Inès se maudit. Comment avait-elle pu être si aveugle ?

– La mort de Mathias est un accident, je n'ai jamais eu l'intention de le tuer. Je voulais juste qu'il me laisse tranquille. Ensuite tout s'est enchaîné très vite. Mon plan a marché comme sur des roulettes.

– Presque. Tu n'avais pas tout prévu…

Cédric approuva d'un mouvement de tête.

– Exact. Il a fallu que la grand-mère de Daniel meure pour que ça dérape. Du coup, il n'apparaissait plus sur la liste des élèves qui dormaient dans l'établissement la nuit du meurtre. Il me fallait trouver un moyen d'orienter les flics dans la bonne direction…

– C'est à ce moment-là que je suis arrivée !

Cédric approuva de nouveau.

– Ça a été un jeu d'enfant. Tu avais tellement à cœur de prouver ta valeur à ton père que tu ne t'es doutée de rien.

Inès mordit sa lèvre jusqu'au sang. Dès la minute où il l'avait rencontrée, Cédric l'avait utilisée à sa guise.

– C'est quand même moi qui gagne à la fin, annonça-t-elle d'une voix froide.

Cédric la dévisagea, une grimace accrochée au coin des lèvres.

– Ton père n'arrivera jamais à trouver la moindre preuve contre moi !

Il marqua une pause avant d'enchaîner :

– Tout ce que je risque, c'est quelques mois pour vente de cannabis. Et encore, comme mon casier judiciaire est vierge, ce sera du sursis.

Inès lui renvoya son rictus.

– À ta place je n'en serais pas si sûr…

Elle ouvrit lentement la paume de sa main droite. Son portable était là, connecté.

– C'est bon, vous avez tout enregistré ? demanda-t-elle.

La voix de Sonia Bahroune lui répondit :

– Cinq sur cinq ! Félicitations, tu as été parfaite.

– Merci, répondit Inès. Disons que j'étais motivée…

Soudain, Cédric réalisa ce qui venait de se produire et se précipita sur elle.

– Espèce de…

Mais il était déjà trop tard. Garnier et Lacroix, surgissant comme par miracle de la foule, se précipitèrent sur Cédric et l'immobilisèrent.

Inès lui lança un dernier regard.

– Fallait pas jouer avec moi !

Roullier arriva à son tour sur les lieux et serra sa fille contre lui.

– Tout va bien ?

Le battement régulier de son cœur suffit à le rassurer. Il caressa ses cheveux en déposant un baiser sur son front.

– Bien joué, ma puce ! lui murmura-t-il au creux de l'oreille.

25

« Après réflexion, la façon la plus sûre de réaliser un crime parfait est sans doute de persuader une personne de le commettre à votre place. »

Gabriel Roullier

Deux jours plus tard, Roullier intervenait de nouveau à l'école de police.

Dès qu'il pénétra dans l'amphithéâtre, les étudiants se levèrent d'un bloc et l'applaudirent longuement.

Le quotidien *La Provence* ayant consacré sa une à l'affaire, tout Marseille était maintenant au courant et, comme dans la plupart des mauvais films américains, avec ou sans Brad Pitt dans le rôle principal, tout finissait bien.

Ou presque.

Cédric était passé aux aveux, son procès était prévu pour la fin de l'année. Son avocat envisageait de plaider la légitime défense.

Le conseil d'administration de Bacordière devait se réunir à la fin du mois pour décider de l'avenir plus qu'incertain de son directeur. Les parents d'élèves, scandalisés par le trafic de drogue au sein de l'établissement, n'avaient plus confiance en lui. On n'avait pas attendu pour faire comprendre au père de Cédric qu'il allait être licencié et qu'il lui faudrait désormais pointer au chômage.

Le pauvre homme ne s'en relèverait certainement pas.

Roullier chercha du regard l'élève gardien de la paix qui lui rappelait Jimenez et le trouva enfin, sagement installé sur la droite.

Il s'adressa directement à lui.

– Pour en revenir à la question que vous m'avez posée la dernière fois, je crois que j'ai une réponse à vous donner...

Pendant ce temps, Mélaine avait emmené la fille du capitaine manger une glace sur le port. Inès opta pour une pêche Melba et la policière se contenta d'un café.

– Je surveille ma ligne, se justifia-t-elle d'un air entendu.

Le temps d'échanger quelques banalités, le serveur était de retour avec leur commande.

Des anges commencèrent alors à passer au-dessus de la table. Un pour chaque bouchée qu'Inès avalait. Mélaine n'avait pas la moindre idée de ce qui se tramait dans sa cervelle.

La policière pensait qu'il faudrait lui redonner la confiance, le sourire, l'envie de s'ouvrir aux autres...

Elle en était là de ses réflexions quand Inès se désintéressa de sa glace.

Il restait un petit marigot de vanille au fond de la coupe en pyrex, mais elle la repoussa vers le milieu de la table comme si elle avançait une pièce sur un échiquier.

Puis elle déclara avec un sourire forcé :

– Ne te fais pas de soucis pour moi. Tout va bien !

Son ton était presque badin. Elle lécha la cuillère qu'elle tenait à la main avant de la poser sur la nappe.

Mélaine savait pertinemment qu'Inès ne pouvait pas se sentir bien après ce qu'il lui était arrivé. Toutefois elle faisait confiance à son entourage pour l'aider à guérir. Au temps qui passe aussi. Le meilleur des baumes pour soigner ce genre de blessure.

Il lui fallut une minute pour réagir et changer de sujet.

– Il te reste encore un jour de vacances si je ne me trompe pas…

Inès opina tout en se léchant les lèvres.

– Que vas-tu faire, tu as des idées ?

– Papa m'emmène faire un tour dans le Vaucluse.

Mélaine se pencha sur sa tasse, elle aurait aimé être du voyage et constata qu'une fois de plus le café reflétait ses idées noires.

– Vous revenez quand ? demanda-t-elle en déglutissant avec difficulté.

– Vendredi soir, mon train part samedi matin à onze heures…

La jeune femme sentit une vague de mélancolie monter en elle aussi sûrement que la marée au pied du mont Saint-Michel.

Elle se leva d'un bond.

– C'est l'heure, ne faisons pas attendre ton père.

Inès mima un salut militaire.

– À vos ordres.

Mélaine esquissa un sourire.

– Si je peux, je passerai te dire au revoir à la gare ! lui confia-t-elle en abandonnant un billet de dix euros sur la table.

26

« Qui cherche l'infini n'a qu'à fermer les yeux. »
Milan Kundera

Le TGV pour Paris n'était pas encore à quai.

– Je t'avais bien dit que ça servait à rien de partir si tôt ! pesta Inès.

Gabriel comprit que sa fille était sur la voie de la guérison. Bientôt, l'épisode Cédric ne serait plus qu'un mauvais souvenir.

– Ce n'est pas grave, on va pouvoir boire un coup tranquillement.

Inès semblait partante pour un soda frais. Elle suivit son père jusqu'au café de la gare, sans pour autant cesser de râler.

– N'empêche qu'on est arrivés trop tôt !

– Je ne voulais pas prendre le risque que tu loupes ton train, ta mère m'écorcherait vif. Elle doit avoir hâte de te raconter ses vacances au Maroc.

Inès leva les yeux au ciel.

– Tu parles d'une chance !

Décidément, pensa Roullier, elle tient une forme olympique.

Tandis que le serveur apportait les commandes, il se racla la gorge.

– Hum, à propos de vacances, que vas-tu lui dire si elle te questionne ?

Le ton angoissé de son père déclencha un début de fou rire chez Inès.

– Tu as peur de quoi ? demanda-t-elle, finaude.

– Je ne sais pas, moi, que tu lui racontes que je t'ai laissée aller au cinéma en compagnie d'un assassin.

Inès envisagea un court moment l'interminable liste de privilèges qu'elle pourrait obtenir en échange de son silence, mais elle eut pitié de la détresse qu'elle voyait se dessiner lentement sur le visage de son père.

– Ne t'inquiète pas mon papounet d'amour, soupira-t-elle, maman n'en saura jamais rien !

Il fut soulagé. Sarah aurait certainement été folle de rage en apprenant la nouvelle.

Inès jeta un coup d'œil circulaire.

– Mélaine avait promis de passer me dire au revoir…

– Elle a dû être retardée, suggéra Gabriel.

Peu de temps après, la voix chaude de l'hôtesse résonna à travers le hall de gare, annonçant l'arrivée imminente du train à destination de Paris.

– Cette fois, c'est pour toi, dit Gabriel en terminant son verre.

À sa grande surprise, Inès déposa un long bisou sur son front.

– On forme quand même une sacrée équipe ! décréta-t-elle, un sourire lumineux accroché sur sa figure.

Gabriel ne put qu'approuver en silence. Il la suivit à travers la foule des voyageurs en partance et la regarda monter dans la rame avec fierté.

Inès avait de qui tenir.

– Tu donnes de tes nouvelles en arrivant ! lui lança-t-il avant qu'elle ne disparaisse complètement.

– Pas de soucis ! fut sa réponse.

Tandis que le train s'éloignait, Roullier ferma les yeux et fit le compte des semaines qui le séparaient de la prochaine visite d'Inès. Sa gorge se noua.

Soudain, un parfum arriva jusqu'à lui. Roullier le reconnut aussitôt. Il l'aurait reconnu entre mille.

Il se retourna et ouvrit les yeux.

Elle était là. À quelques mètres de lui.

– Désolée pour le retard, s'excusa Mélaine en marchant dans sa direction, mais la circulation était bloquée au niveau du Jarret.

Roullier ne lui en voulait pas.

La vie lui souriait à nouveau.

FERMETURE DU CARNET À SPIRALE

« La faculté de citer est un substitut commode à l'intelligence. »

William Somerset Maugham

Le train dépassa la gare d'Aix-en-Provence sans même ralentir. Dans trois heures environ, Inès arriverait à Paris.

Elle sortit un écouteur de sa poche et le connecta à son portable. La voix particulière du chanteur de Radiohead lui fit du bien.

Elle eut soudain envie d'éclater en sanglots mais se retint de justesse. Elle fouilla un moment dans son sac et en retira ses lunettes de soleil pour camoufler ses yeux rouges.

Cette aventure l'avait bouleversée. Elle avait beau crâner devant Mélaine, elle avait beau affirmer à son père que tout allait bien, en vérité elle avait le moral au fond de ses chaussettes.

Calé dans un endroit bien sombre, bien puant, voilà où se situait son moral pour l'instant. Et Inès savait qu'il lui faudrait du temps pour que ce terrible souvenir s'estompe dans sa mémoire.

Le premier garçon pour qui elle avait ressenti une attirance s'était avéré être un parfait manipulateur.

Pouvait-on commencer plus mal dans le registre des histoires de cœur ?

Plus tard, elle écrirait peut-être un roman là-dessus, mais en attendant une phrase revenait en boucle dans sa tête.

Elle se pencha de nouveau sur son sac et en retira le carnet à spirale et un stylo.

Elle écrivit sur la dernière page :

« Si quelqu'un trahit la confiance que vous lui aviez accordée, c'est qu'il ne la méritait pas. »

Et signa.

« Inès Roullier. »

Ensuite elle referma le carnet, planta son regard dans le paysage qui défilait à toute vitesse et s'y perdit.

- DICTIONNAIRE DES AUTEURS DES CITATIONS -

1. Jean Cocteau (1889-1963), poète français. Artiste aux multiples talents, il fut aussi dessinateur, auteur de théâtre et cinéaste.

2. Elbert Hubbard (1856-1915), écrivain américain.

3. Marcel Achard (1899-1974), dramaturge et écrivain français.

4. Ernesto « Che » Guevara (1928-1967), révolutionnaire marxiste et homme politique, il dirigea la guérilla en Amérique latine.

5. Confucius (v. 551-479 av. J.-C.), philosophe chinois, il a donné naissance au confucianisme, une doctrine politique et sociale érigée en religion d'État.

6. Jules Renard (1864-1910), écrivain français, auteur notamment de *Poil de carotte*.

7. Sydney Lumet, né en 1924, réalisateur américain.

8. William Shakespeare (1564-1616), poète, dramaturge et écrivain anglais.

9. Guy de Maupassant (1850-1893), écrivain français.

10. Claude Miller, né en 1942, réalisateur français.

11. Jules de Goncourt (1830-1870), écrivain français.

12. Pablo Picasso (1881-1973), peintre, sculpteur espagnol. L'un des fondateurs du mouvement cubiste.

13. Cicéron (106-43 av. J.-C.), homme d'État romain et auteur latin.

14. Victor Hugo (1802-1885), écrivain, dramaturge, poète et homme politique français.

15. Alphonse Daudet (1840-1897), écrivain et auteur dramatique français.

16. Antoine de Saint-Exupéry (1900-1944), écrivain et aviateur français.

17. Sacha Guitry (1885-1957), né en Russie, comédien, auteur et metteur en scène.

18. Pierre Dac (1893-1975), humoriste et comédien français.

19. François Rabelais (1494-1553), médecin et écrivain français de la Renaissance.

20. Brad Pitt (1963), acteur américain.

21. Marguerite Yourcenar (1903-1987), écrivain français. Elle fut la première femme élue à l'Académie française en 1980.

22. Francis Picabia (1879-1953), peintre, graphiste et écrivain proche des mouvements Dada et surréaliste.

23. Fiodor Dostoïevski (1821-1881), écrivain russe.

24. Alain (1868-1951), philosophe, journaliste et professeur de philosophie.

25. Gabriel Roullier (1970), capitaine de police. Dirige la Brigade Sud de Marseille.

26. Milan Kundera (1929), écrivain de langue tchèque et française.

Fermeture du carnet. William Somerset Maugham (1874-1965), dramaturge et romancier britannique.

RETROUVEZ LE CAPITAINE ROULLIER ET SA FILLE INÈS DANS

Le capitaine Roullier, accompagné de sa fille Inès, enquête sur la mystérieuse disparition de la petite Morgane qui semble s'être volatilisée sur une aire d'autoroute.

À quel jeu mortel se livre l'assassin sous les yeux du capitaine Roullier et de sa fille Inès ? La Brigade Sud de Marseille enquête…

Le capitaine Roullier a invité sa fille Inès et son adjointe Mélaine à la fête foraine. Mais un crime a lieu dans le train fantôme et Mélaine est accusée !

L'AUTEUR

Jean-Luc Luciani a grandi à Marseille. Il vit toujours avec sa famille dans cette grande cité portuaire propice aux embrouilles de toutes sortes. De là lui vient, sans doute, son attirance pour les histoires policières. Grand amateur de littérature noire, il s'efforce de développer avec *Brigade Sud* une série où l'on vit de l'intérieur le déroulement de l'enquête et dans laquelle les personnages évoluent au fil des aventures.
Il partage son temps entre l'écriture et la direction d'une collection pour la jeunesse.
Il aime également aller au cinéma l'après-midi, traîner dans les cafés et fureter chez les libraires à la recherche de la perle rare.

Pour en savoir plus sur Jean-Luc Luciani, vous pouvez consulter son site : aujourlejour.free.fr

DANS LA MÊME COLLECTiON

120 minutes pour mourir, Michel Amelin
À l'heure des chiens, Évelyne Brisou-Pellen
Allô ! Ici le tueur, Jay Bennett
Arrêtez la musique !, Christian Grenier
Assassinat rue Morskaïa, Michel Honaker
L'assassin est un fantôme, François Charles
@ssassins.net, Christian Grenier
Avant qu'il soit trop tard, Stéphane Daniel
Big Bug, Christian Grenier
Brigade sud : crime parfait ?, Jean-Luc Luciani
Brigade sud : la disparition, Jean-Luc Luciani
Brigade sud : le jeu du tueur, Jean-Luc Luciani
Brigade sud : le train fantôme, Jean-Luc Luciani
Cadavre au sous-sol, Norah McClintock
Cadeau mortel, collectif d'auteurs
Cinq degrés de trop, Christian Grenier
Coupable idéal, Jean Molla
Coups de théâtre, Christian Grenier
Croisière en meurtre majeur, Michel Honaker
Dérapages en série, Gilles Fresse
La disparue du canal, Geneviève Senger
Folle à tuer ?, Catherine Missonnier
L'heure de la vengeance, Catherine Missonnier
L'inconnue de la chambre 313, Geneviève Senger
Meurtre au lycée, Geneviève Senger
Mort sur le net, Christian Grenier
Des nouvelles de Logicielle, Christian Grenier

DANS LA MÊME COLLECTiON

L'oiseau de mort du cap Horn, Jean Merrien
L'Ordinatueur, Christian Grenier
Un parfum de meurtre, Sarah K.
Plongée fatale, Jacques Asklund
Seules dans la nuit, Aubert & Cavali
Simulator, Christian Grenier
Sombre trafic, Catherine Missonnier
La sorcière de midi, Michel Honaker
Souviens-toi de Titus, Jean-Paul Nozière
Sur la liste des suspects, Vicki Grant
Un tueur à la fenêtre, Stéphane Daniel
Vacances criminelles, Alain Surget
Les visiteurs d'outre-tombe, Stéphane Daniel

Retrouvez tous les titres de la collection

Heure noire

sur le site **www.rageot.fr**

CPI

Achevé d'imprimer en France en mars 2009
par CPI-Hérissey à Évreux (Eure).
Dépôt légal : avril 2009
N° d'édition : 4917 - 01
N° d'impression : 110947